全民微阅读系列

草原一夜

高玉芳 著

江西高校出版社

图书在版编目(CIP)数据

草原一夜/高玉芳著. —南昌:江西高校出版社,2017.10(2020.2重印)

(全民微阅读系列)

ISBN 978-7-5493-6076-5

Ⅰ.①草… Ⅱ.①高… Ⅲ.①小小说—小说集—中国—当代 Ⅳ.①I247.82

中国版本图书馆 CIP 数据核字(2017)第 225971 号

出版发行	江西高校出版社
社 址	江西省南昌市洪都北大道96号
总编室电话	(0791)88504319
销售电话	(0791)88592590
网 址	www.juacp.com
印 刷	永清县晔盛亚胶印有限公司
经 销	全国新华书店
开 本	700mm×1000mm 1/16
印 张	14
字 数	180 千字
版 次	2017 年 10 月第 1 版 2020 年 2 月第 2 次印刷
书 号	ISBN 978-7-5493-6076-5
定 价	36.00 元

赣版权登字 -07-2017-1184

版权所有 侵权必究

图书若有印装问题,请随时向本社印制部(0791-88513257)退换

目录 / CONTENTS

草原一夜　　/001

抓背　/006

回归　/009

哺育　/012

虎子　/014

白眉　/017

归队　/020

陷阱　/023

稀客　/026

义犬　/032

淘金　/036

晚节　/039

手镯　/041

父亲进城　　/044

借钱　/045

密码　/048

巧遇　/050

旅伴　/051

正派　/054

查屏　/056

代价　　/058

谈话　　/061

寻死　　/063

呼叫　　/065

热血　　/067

相知　　/071

美鱼　　/073

"蓝石头"　　/077

天外归客　　/083

让座　/086

军令　/088

送酒　/092

大事　/093

追车　/095

妙招　/097

剪纸　/098

食神　/101

黑馍　/106

补胎　/108

演戏　/110

恶作剧　/113

闲事　/116

借据　/118

在岗　/121

考察　/123

"大衣姐"　/125

妈妈　/128

字条　/130

期盼　/132

母爱　/133

占座　/135

遗愿　/137

忙碌　/140

爬墙　/143

珍爱　/145

债主　/147

党龄　/149

交易　/151

夜色　/156

追星　/158

挽救　　/165

老枪　　/168

早餐　　/171

艳遇　　/173

孤坟　　/177

心机　　/180

报销　　/182

报答　　/184

卖牛　　/186

瘸鸭贝贝　　/190

鳄鱼岛　　/193

放虎归山　　/196

狒狒巴克　　/199

斗智　　/201

五婶　　/204

呵护　　/207

桨声　　/210

攀比　　/213

约会　　/215

草原一夜

初冬季节,我独自驾车来到阿勒泰草原兜风。

草原那绿油油的"地毯",如今变得金灿灿。马群奔腾,羊群流动,不少富裕的牧民鸟枪换炮:舍弃传统的骑马放牧,变为驾摩托车、越野车放牧。路上遇到牧民的新"坐骑",我们互相鸣笛致意。

谁知刚驶进野狼谷,我那越野车突然出故障熄火了,咋摆弄也打不着。倒霉!天已黑了,得,尝尝野外露营的滋味!我支起单人帐篷,铺上厚厚的枯草睡下。半夜,我被呼呼的风声惊醒,雪块噼啪不停地敲打着帐篷顶,我冻得浑身发抖。

好容易挨到次日天亮,我刨开厚厚的积雪钻出帐篷。哇,暴风雪这神奇的魔术师,一夜之间,竟把金色草原变成了"白色恐怖"。天地间白茫茫一片,渺无人烟。鹅毛大雪下得正紧!我到车上打开收音机,想听听天气预报,却听到一条不妙的信息:说是受暴风雪影响,数千只蒙古野狼可能像往年一样集结南下,越境侵入我国觅食,希望牧民早作准备。

手机在盲区。我赶紧弃车,徒步找牧民求援。远近没有一丝参照物,没有蒙古包,连个人影都瞅不见。我踏着没膝的积雪,足足走了一天。天近黄昏,雪块直往眼里钻,打得脸生疼。我手脚冻得麻木,变得不听使唤。这样下去,我还不冻成花岗岩!正焦急的当口,"嘀嘀",远处传来一声汽车的鸣叫。

越过一道白色坡岗,我看见风雪中散落的羊群。一辆黑色越野车慢慢围着羊群转圈,羊听话地聚拢在一起。车上人大概看见我挥手,摇下车窗:"你好,请出示身份证!"这是边民对生人极普通的打招呼方式。看了身份证,他才打开车门让我上去。

开车的是个蒙古族牧人大叔,60多岁,穿一身深蓝的蒙古袍,毛茸茸的棕毡帽,白络腮胡子上冰雪闪亮。他没顾上再跟我说啥,皱着浓眉紧张地注视前方。

我顺着他的目光望去,天!我不由吓了一跳:苍茫的暮色中,银白的雪野上仿佛滚来一团团"乌云","乌云"里又闪烁着无数盏黄绿、晶莹的小灯笼。蒙古野狼群!没想到它们来得如此之快!这些饥寒交迫的家伙,无声地向羊群慢慢逼过来。

大叔迎头朝狼群开过去。狼群对过往汽车似乎司空见惯,没觉得这庞然大物有啥威胁。它们气势汹汹地冲上来,大叔不得不停下来,连续鸣笛。本想吓跑它们算了,但汽笛声被暴风雪的怒吼淹没。狼群一下子蹿到车前,呈包围之势,有的已经蹿上了汽车前盖和踏板。它们张牙舞爪,扒得挡风玻璃啪啪响。我心里一阵恐惧:我们倒成了"困兽"!——还不被它们撕成碎片!

"白眼狼!给你们台阶不下,还蹬鼻子上脸要吃人?既然敬酒不吃吃罚酒,来吧!"大叔愤怒地大吼了一声,唰地打开了汽车的前大灯,两股雪亮的灯柱射向狼群。狼最怕光,在它们犹豫停顿后退的瞬间,大叔狠踩油门挂四挡,车子飞一般冲进狼群。躲闪不及的狼被辗轧,撞死。汽车熟练地在它们中间左冲右突,横冲直撞,坦克一般杀开一条血路。这回尝到了庞然大物的苦头,狼们夹起尾巴纷纷逃窜。

汽车大灯照亮前行的方向,羊群乖乖地跟在后面,我们向大叔的家开去。

进了大叔的蒙古包,里面空无一人。原来大叔老伴早逝,儿女都在城里工作。吃过饭,又困又累,不一会儿我就进入了梦乡。

半夜里,我被羊群凄厉的叫声惊醒。狼！一定是雪地里饿疯的狼群跟踪追来。我急忙披衣起身,大叔也穿好了衣服。我俩持刀棍冲出帐篷。由于实施禁枪令,大叔的猎枪早已上缴。大叔掏出鞭炮挂在羊栏上,点燃后,鞭炮像机关枪一般噼噼啪啪,火星四溅。

狼被吓跑了,知趣地叼着战利品很快退却。可没承想人刚进屋,它们又反身冲向羊圈。我们只好再冲出去驱赶,反反复复好几次。这些鬼东西！狼们也运用起了游击战、拉锯战,搞得我俩筋疲力尽,哭笑不得。大叔提议在羊圈周围点几堆篝火。这是个好主意。狼最怕火,不敢近前,俩人也不必在雪夜里挨着冻疲于奔命了。

我搬来木柴。这些木柴全被厚厚的冰雪覆盖,表面结出一层光溜溜透明的冰膜,要点燃谈何容易。我点了半天都点不着,引火反被风雪扑灭;端来牛粪火炭点火,也只冒出一小股青烟,依旧很快被冰雪熄灭。

看我一筹莫展,大叔赶紧伸手帮了一把:他不慌不忙地从汽车油箱里灌来几瓶汽油,往湿柴上洒了些汽油,再扔上一块燃烧的牛粪火炭,噗的一声,火苗蹿起半人高。几堆熊熊燃烧的篝火,在羊圈边噼里啪啦地燃起。这样一来,狼们该不敢露头了。我俩放心地走进蒙古包。

谁知刚躺下不久,蒙古包帐篷四周响起了一片狼嚎声。

大叔脸色唰地一下变得惨白。他挑开窗帘向外看,我也凑到跟前张望:几百只狼团团围住了蒙古包帐篷。它们啃咬着窗棂和木门,真是狼子野心！它们仗着狼多势众,开始发起总攻了！它

们试图钻进来先捣毁"司令部",把人吃掉后,再去从容地享用羊群的美味。大叔不慌不忙地取来两个空玻璃酒瓶,从塑料桶里倒出汽油灌满,用棉絮紧紧堵住瓶口,然后小心地把瓶口的棉絮点燃,猛然把它们从窗口扔向狼群。爆炸声中,数只野狼飞上了天。好多野狼身上溅了着火的汽油,点燃了它们身上的毛皮。这些"火狼"惊恐万状,惨叫着奔向雪原深处,别的狼也望风而逃。我看着窗外,惊奇地看着大叔:"大叔你真有办法!咋琢磨的?"

  大叔笑笑说,有啥稀罕,咱是当兵的出身嘛。他告诉我,这法子其实是参加自卫反击战时逼出来的。当时大叔是汽车兵,有一次在往前线运物资时遭遇敌人。敌装甲车从丛林里冲出来,大叔他们赶紧开枪射击。无奈,装甲车防弹打不透,枪弹击中它后,哧溜——冒着火星飞落一边。眼看敌人冲到了跟前,情急之下,尖刀班班长大叔想出妙招,从汽车上灌来汽油,装在酒瓶里,把身上的衣服撕成布条,塞紧瓶口,再点燃扔出去。爆炸声中,装甲车变成了大火球。这样烧毁了几辆装甲车,但土办法毕竟不安全,他自己也被烧伤炸残,不得不离开部队,带着一枚二等军功章复员回到家乡。装甲车都能炸飞,这些狼还在话下?

  这时我发现,窗外不远,大叔的车库门帘起火了,大概是溅上了火星。火若烧起来,大叔的越野车岂不烧毁报废?我赶紧跳出门,跑过去一把撕下起火的门帘,抬脚迅速把火踩灭。就在我转回蒙古包时,一条腿像被什么东西拽住了,接着传来刺骨的疼痛。我扭头一看,一只被炸断后腿的狼狠狠地咬住了我的腿肚,死活不松口。紧急关头,大叔手挥猎刀,用刀背在它头上磕了一下,那狼才一声不吭地昏倒在地。

  大叔赶紧帮我处理伤口。我的裤腿已被血浸透,鞋里灌满了鲜血。狼牙几乎把我腿肚咬穿。

大叔给我包扎好,让我赶紧钻进被窝,给我盖上厚厚的皮大衣,说,受伤的人最怕再冻着,要送命的。

随后,大叔把那咬我的狼拖进来。这是只四五个月大的小狼。大叔给它清理了伤口的玻璃碴,用细羊骨给它把后腿筐好,用链子把它拴好,扔给了它几块烤羊肉。一会儿,那"俘虏"很快醒来,大概饿极了,狼吞虎咽地吃起来。

风雪还在帐外肆虐。帐篷挡不住零下40摄氏度的寒气。我真的感到浑身发冷,不停地打哆嗦。我蒙眬间想睡过去,却听见大叔在耳边使劲边推边喊:"醒醒,千万别睡,要送命的。"冷啊,像掉进冰窟窿一般冷!我终于在寒冷中失去了知觉。

不知过了多久,我沉浸在一个甜蜜的梦里。仿佛回到了童年,妈妈紧紧地搂住我,给我盖着暖乎乎、柔软的棉被。妈妈的怀抱好温暖、好舒服!我恍惚睁开眼,天已大亮,眼前的情景让我激动莫名:大叔那衰老、佝偻的身子竟一丝不挂紧贴着我,两只胳膊紧紧搂住我的脖子,用自己的体温给我取暖。大叔笑笑说:暖和冻僵的人,这是草原的古老办法。

顿时,我眼含热泪:我的好大叔,又一次救了我。

次日,天放晴了。大叔载我到草原深处,找到并修好了我的汽车。阳光下,我开车跟着大叔的"坐骑",在阿勒泰银色雪原上飞驰。忽然,大叔停下车。我看见,一群狼出现在前面,其中不乏毛皮被烧焦的痕迹。大叔下车打开后备厢,那只受伤的小狼蹿出来,一瘸一拐地朝狼群跑去。

抓　背

孙强丢了四岁的儿子小明。小明活泼可爱,眉清目秀,是患心脏病的妻子舍命给孙家留的根,爷爷视他如珍宝。一次,孙强带着义子毛孩去外地巡演,爷爷一不留神,家里的小明被人拐跑了!爷爷捶胸顿足,说是孩子丢失前,一福建男子来讨过水喝。

从此,老孙带着义子毛孩常年流落在福建,踏上漫漫寻子路。

毛孩也是没娘的孩儿。孙强路过山林时,一只冻死的老母猴从树上摔下,怀里吱吱叫的小猴被他揣回家,起名毛孩。

他这奶爸喂猴子高钙奶,让儿子喝普通奶粉。晚上被窝里,猴子和儿子一边一个。一天半夜,刚给儿子把完尿放回被窝,毛孩从被窝里一蹿,仰身架在他胳膊上,得意地眯着小眼叉开小腿,尿盆里顿时滋滋有声。这待遇,义子也要享受。

毛孩平日里活蹦乱跳,是个天生的表演家。它金色长毛,金睛雪亮,长尾直竖,踱步轻盈从容。孙强训练他骑车、爬杆、翻跟头,跳水过天梯,还练就口叼飞刀的绝技。过了秋收,他就带它四处卖艺。

流浪中,他洗头离不开猴子。毛孩捧着塑料桶立在他肩上,往头上浇水。可能站位偏,水经常溅湿衣服,往脖子里灌。孙强也不在意,每次洗完总要脱衣擦身,这时,猴子就会递上毛巾。

老孙有皮肤病:后背常瘙痒难忍。手够不着痒处,就让毛孩用爪子给他挠痒。猴子天生是挠痒痒专家,抓得老孙大呼小叫,疼痛中解痒又舒服。天长日久形成一种定式：只要身上痒痒，他就连拍巴掌，毛孩立刻会意，掀起他的衣服就抓。

那年老孙串亲，留毛孩和儿子在家做伴。毛孩喜欢小明，因为小明的小手里总攥着糖块、水果之类的东西。它围在他身边打转，伸出小爪子讨吃，吃了还回报：给小明表演翻跟头、拿大顶，逗得小明咯咯笑，拍起小手连连鼓掌。这一鼓掌不要紧，毛孩像得了指令，蹿到孩子跟前，巴结地撩开他的衣服，在他后背卖力地挠痒。小明疼得大哭小叫，毛孩以为他舒服，更卖力地挠，娇嫩的皮肤被抓出一道道血痕，触目惊心。

老孙回来一看，吓得魂飞魄散！他拿起棍子追打毛孩。毛孩边跑边回头委屈地看老孙。好汉不吃眼前亏，它满院乱蹿，惊得鸡飞狗跳，最后哧溜一下上了树。

为寻找小明，每次演出，他都打出寻找儿子的横幅，上面贴着儿子幼时的照片。这样在福建找了几年，依旧杳无音信。

一天，一轿车司机发现有只金毛猴子挡在路中央，任你鸣笛、威吓，它也不动，两眼直愣愣地看着司机。司机觉得蹊跷，下车一看，原来一中年人倒在路边昏迷不醒。这昏迷的人正是孙强。司机赶忙将他抬送到医院，毛孩跟着闯抢救室，溜CT室，再钻进观察室，寸步不离孙强。谁撵它，它对谁狠狠龇牙瞪眼。原来，孙强患重感冒昏迷。两天后老孙醒来，毛孩高兴得欢蹦乱跳。

一个星期天，他带毛孩来到县福利院门前广场表演。毛孩的"挑水过天梯"节目需要水，孙强拎着塑料桶去院里找水，迎面碰上一个十来岁的红领巾少年。少年闻讯，扭身为他打来一桶水。老孙感激地邀他进场观看。演出最后，孙强亮出独门绝技——口叼飞刀。

围观的人满满当当。毛孩站在离老孙七八米处，从容地来回

走动。它金睛闪光,瞄着老孙手里的飞刀。老孙大喝一声:看刀!一道寒光,飞箭似的刺向毛孩左颊,毛孩往左猛甩头避开刀尖,顺势张嘴叼住刀身。看客们齐声喝彩。紧接着,老孙一把飞刀刺向它的右颊,毛孩往右猛甩头稳稳叼住刀身。第三把飞刀朝毛孩咽喉刺来,毛孩在老孙抖腕甩刀的瞬间,一个急停后空翻,飞刀已到它身下,它让过刀尖,飞行中歪头叼住刀身,平稳落地。紧张的观众刚松了口气,正要鼓掌喝彩,老孙手里同时握起三把刀,口里"愤愤不平":好个猴子,我就不信刺不着你。说着,他同时祭出三把飞刀。三把刀分别刺向猴子的左、右胸和咽喉。只见毛孩从容地来了个前空翻,前腿各反勾住一把飞刀,眼看中间那飞刀飞了过去,猴子后腿一夹,正好夹住刀柄。所有接刀过程都在前空翻的动作中完成,稳稳直立站定。

全场欢声雷动。红领巾少年高兴地递给毛孩一块糖。这时孙强递给毛孩小镲锣,让他围着场子收演出费。谁知一向听话的猴子根本不理会,只是围着那少年打转转,眼珠一动不动地盯着他。老孙拿起鞭子吓唬它:"馋儿子,敛钱去!"少年笑着接过镲锣说:"大爷别打,我替它敛。"这时,毛孩却突然转身拎来塑料水桶,噌地蹿上红领巾肩头,冲着他头上狠狠一泼。可怜的少年顿时成了落汤鸡。他忙脱下短袖衫,光着膀子拧起水来。

"这泼猴!今儿是咋了!"老孙赶紧上前替猴子赔不是。这时他发现:少年背上有一道道细长的疤痕,像无数条长长的蚯蚓……

原来,早年小明被公安机关从人贩子手里解救,找不到亲人,由旁边这所福利院养大……

孙强现有二子:儿子和毛孩。

回　归

那一年,我带领民兵和警察、消防官兵扑灭山火时,发现了一对出生不久的小狼。它们被熏得灰头土脸,长得却一模一样:四只尖尖的耳朵上,都长了一小撮白毛,浑身瑟瑟发抖。我赶紧把它们揣进怀里。这时老母狼回来了。它愤怒地将我扑倒,消防战士为救我,朝母狼开了两枪。一枪打断了它的左后腿,一枪削去了它半个耳朵。它扔下我一瘸一拐地跑了。街坊玛兰沁夫责备我说:"管它呢,白眼狼,养不熟的!"

我没听他劝告,带上两只虚弱的小狼骑马下山。半路上,只见刚才逃走的母狼带着数只狼迎面挡住了去路。老母狼的断耳淌着血,遮住了一只眼。它冲我发出愤怒、凄惨的嚎叫,惊得马儿倒退了几步。哎,母子连心呢。我从怀里掏出一只小狼放到地上,小狼跌跌撞撞地向妈妈走去。趁它们母子亲热之际,我纵马落荒而逃。

揣回的小狼,因耳朵尖各有一撮白毛,我给它起名叫雪儿。它和我的苏格兰牧羊犬褐玉一起长大并结为夫妻,生下了四只混血狼狗,一家其乐融融。看羊护圈,雪儿绝对是一把好手。

一天清晨,街坊玛兰沁夫气呼呼地找上门说:"那白眼狼在哪? 昨晚它带狼咬死我家5只羊,你说咋办?"我莫名其妙:"胡说啥? 雪儿昨晚根本就没出院!"他大声嚷嚷:"你还护着那白眼狼。我昨天看得清清楚楚,那狼耳朵上一边一撮白毛。"

为了摸清情况,我带上牧羊犬褐玉去他家待了几个晚上。一天后半夜,黑着灯隔窗看见,月光下,几只狼蹿进羊圈。褐玉扑上去和狼撕咬起来。玛兰沁夫在一边指指点点:"瞅见了不,那不是雪儿是谁?!"我仔细看去。领头狼的个头、毛色及耳朵尖上的白点,果真和雪儿一模一样。我心里一惊,莫非它真变成白眼狼,背着我干这勾当!

正疑惑时,只见斜刺里又杀出一只狼,它旋风般地冲过去,把咬住褐玉的"雪儿"一头撞倒在地上。两只狼撕咬滚打在一起。这时,羊圈外的土岗上,一只狼发出凄厉的嗥叫。那"雪儿"稍一愣神,停下嘴,却被褐玉和后来者死死咬住了喉咙,奄奄一息地躺在了地上。其他狼见状,夹着尾巴逃走了。

这时我才看清,那后来者俩耳朵也长着白点,脖子上拴着一条铁链。那链子是我临来时怕它乱跑拴上的。呵,这才是我的雪儿。可奇怪的是,雪儿并未发出胜利的欢叫。它狠狠赶开褐玉,围着那狼闻闻嗅嗅,鼻子里发出嘤嘤之声。它趴下来,替那狼轻轻地舔脖子的伤口。这时,土岗上的老狼叫得更加凄惨,我把手电打过去,看清那老狼断了一条后腿,左耳少了半只。我认出来,它就是当年受伤流血,冒死截下自己孩子的母狼,雪儿的母亲。我一下明白了:那只叼羊的"雪儿",正是当年我还给母狼的那只小狼,是雪儿的孪生兄弟呵。——大概羊群告急、妻子被咬,情急之下雪儿挣脱锁链冲过来拼命。当一切平静下来,它才捕捉到了亲人的信息,但杀死亲兄弟的事实已无可挽回。那一刻,老母狼亲眼看见自己的孩子死在亲兄弟的手上。它凄厉的哀号中,我觉得自己犯了不可饶恕的错误。

从那以后,每天夜深人静,土岗上常常响起老母狼的嗥叫。雪儿听到叫声,就不顾一切地冲出去,经常彻夜不归。

渐渐地,我发现羊群的羊隔三岔五就少一只,这可不行。当晚,我把雪儿从羊圈边牵回院里,紧锁大门。那晚,老母狼在外面凄厉地嗥叫。雪儿听了不住地蹭墙撞门,急得乱哼哼。几天后的一个深夜,我听见母狼嗥叫,可院里没有一点动静,起床一看,雪儿不见了。门洞下有堆土,是雪儿自己刨洞钻了出去。我悄悄地开门,出去看个究竟。只见雪儿正在羊圈里,它凶狠地咬死一只羊羔,叼着迅速地跑向老母狼。老母狼大概饿极了,接过小羊就大嚼起来。原来,我丢的几只羊,都让雪儿孝敬它老娘了。我抄起棍子朝老母狼冲过去,不妨雪儿斜刺里冲过来,一蹿撞掉我手里的棍子,转身慢慢向我靠近。

它走到我跟前,摇摇尾巴,头在我身上亲热地蹭了蹭,突然两只前腿趴在地上。片刻,它起身走向老母狼,它们头也不回地消失在夜幕中。刚才雪儿是在向我告别!

几年过去了。一个暴风雪的夜晚,养父犯病了。我穿上羊皮大衣,捂着厚厚的狗皮帽子,踏着两尺厚的大雪到镇上请大夫。伸手不见五指,我深一脚浅一脚地在雪窝里走。忽然,前面雪地里亮起两盏绿色的小灯笼,后面也有动静,回头一看,也有一双小绿灯笼在向我靠近。我顿时脊梁骨发麻冒凉气!狼!它们要前后夹击我。这里前不着村后不着店,谁能来救?禁枪令已实施,我只能紧紧地握住手里的柴刀。

黑暗中,前面的狼率先扑了过来,把我扑倒在地。我挥刀朝它乱砍,那狼也挺笨,没咬到我,倒被我剁了一刀。后面那狼飞快地冲过来,咬住我拿刀的手腕。我另一只手掏出了手电,冲它脸上晃来晃去。牧民都知道,狼怕火,怕光。强烈的手电光下,两只狼愣了一下。我看到前面的狼瘸着一条腿,耷拉着半只左耳。呵,还是那老母狼!老母狼再次把我扑倒在身下,正在我绝望时,

另一只狼扑上来,一头把老母狼撞了一个趔趄。它蹿上去用前爪逼在老母狼身上,发出呜呜的威胁。母狼好像懵了,盯着它一动不动地喘息。

我的手电光再次亮起。救我的狼,它俩耳上长着白点。大概刚才它借手电光认出了我,就对母亲"反戈一击"了。

"雪儿……"我惊喜地呼唤它,它深深地看了我一眼,仰首朝天发出一声长长的悲凉嗥叫。它拱了拱老母狼,它们一块儿慢慢消失在雪夜里。我没再呼唤它,只觉得热泪在脸上冻得生疼。

哺 育

茫茫草原深处,无人监管计划生育。猎人孙旺四十出头,儿子生了5个,可谓人丁兴旺。

几天前,孙旺本来很高兴,因为老婆一不留神又生了个女娃。没想到,孙旺的老婆叹口气,把孩子裹了裹,扔到了草原的小路上。

孙旺打猎回来,见不到胖女娃,便追问。老婆说了实话。

扔了!老婆说,家里有了五个孩子,粮食不够吃,再加一张口,怎么养?孙旺张口结舌,狠狠地抽了几口烟,又狠狠地扇了自己几个嘴巴。

孩子要养活,孙旺只得去草原打猎。

茫茫草原,他四处寻找着野兽的踪迹。

终于,孙旺的眼睛一亮,脸上有了笑意。他在草原深处,一条蜿蜒的羊肠小路边,发现了狼的脚印,脚印清晰、不凌乱,可以断定,狼刚经过这里。

孙旺检查了一遍上过弹药的枪,便小心地跟了上去。

果然前面有一匹狼。他想,这下好了,刚生了孩子的老婆,可以吃肉补一补了。眼前那狼是只刚下过狼崽的母狼,从它肚下挂着的那排鼓囊囊的乳头,便知正在哺乳期。孙旺悄悄地埋伏起来,枪口瞄准了那匹狼。狼没看见孙旺,依旧夹着尾巴在认真觅食。

"砰!"随着一声枪响,狼一个趔趄,倒下了,忽然它又爬起来,拼命地逃。孙旺的枪老,没来得及放第二枪,他只能上好弹药,飞快地追。孙旺知道,狼的前腿中了弹,逃不远。可狼并没给孙旺留下明显的血迹。孙旺也知道,狼是一时逃得快,加上天没大亮,所以暂时不好追。

天亮了,孙旺还围着几滴狼血在转悠,寻找。

突然,孙旺的眼睛又一亮,脸上的笑容也更灿烂。原来他发现了狼血,不是几滴狼血,是滴血成线的狼血。

孙旺立即顺着血迹追去。

一会儿,孙旺见到了那匹受伤的母狼。他怔住了,眼睛睁得大大的,身子僵立,一动不动,脸上的笑容荡然无存。原来他发现了狼窝,母狼正站在那里喂奶。

吃奶的,不是狼,是个穿着衣服的人,是孙旺的胖女娃!

胖女娃正在贪婪地吃着狼奶,母狼正在痛苦地喂着奶。

狼前腿上的血在滴,狼乳头上的奶水也在滴……

狼看见了孙旺,龇着牙,露出两道凶光,欲向孙旺扑来。但它不能,它伤得太重,它的两道凶光和冰冷的枪口相比,显得苍白无力。

狼的前腿还在滴血,它不由跪了下来,想必更疼。

跪下来的狼,似乎放下了高傲和冷漠,眼神中写满了忧伤、无奈……它向自己的仇敌祈求仁慈,放过它,放过它嗷嗷待哺的孩子们,包括它身下的小女孩。

泪溢满了狼的双眼,簌簌地落了下来……

孙旺的嘴巴紧绷,无比心酸,心里在滴血,热泪也簌簌地落了下来……

孙旺最终举起的枪响了。

"砰!"狼应声倒下了,孙旺仿佛打中了自己,身子一晃,险些倒下。他一屁股傻坐在地上,又狠狠扇了自己几个耳光。

孙旺没有别的选择。他不可能与狼交流,求它把女娃交出来。如果不开枪去抱胖女娃,狼会和他拼命的,它绝不会让孙旺来接近胖女娃和两只熟睡的狼崽,尽管它伤势很重。

孙旺向老狼深深地鞠了一躬,把它埋葬,立了坟。他把狼崽揣进怀里,收养了它们。那些日子,家里的几个娃娃,包括未满月的胖女娃,全都为母狼披麻戴孝。

虎 子

绿色草原冒出点点黄色沙丘,沙窝上的鞋印和羊蹄印越来越清晰。刑侦专家老于趴下嗅了嗅,羊粪蛋子里还有未散尽的湿气。嗯,偷羊贼就在前方,老于想,抓紧一点儿,日落前准能将偷羊贼抓获。

中午,老于刚下班,下草甸子的老李就吸溜着鼻子冲进来直嚷嚷:"于所长,俺在牲口市场上一不留神,羊就被人牵走了八只,俺这个月的辛苦可白瞎了!"老于给老李和自己各点了一支烟,说:"别慌,有怀疑对象吗?"老李急忙说:"有,上草甸子的虎子,刚才就是他贼眉鼠眼地在俺羊圈边转悠。他爹十多年前就死了,他娘管不住他,让他跟小混混们学坏了。看来一个人是好是坏,坯子和成长环境都很重要。"老于噗地笑了:"你不是来报案的吗,你估摸他会往哪儿跑?"老李回过神来:"俺要知道俺早就自己追去了,报啥案啊?!"老于又笑了笑:"这样吧,你在街上喝着茶,俺这就亲自去追,天黑前把羊给你追回来。"

寻着、嗅着蹄印,老于翻过一个沙丘,果然就见远处一个小青年赶着几头羊,还不时惊惶地回头张望。真是虎子?老于正想扯开喉咙喊"站住",却见前方几个人正厮打在一起,还有尖厉的女声在喊:"流氓!抢劫啊!"老于不由得奔跑起来。那小青年竟也丢下羊,冲了上去。

老于冲到跟前,一位漂亮少妇正蹲在地上瑟缩着,小青年正与两名持刀歹徒搏斗,被刺破了手,红红的血直往外冒,并很快被摁倒在地。"兔崽子,胆儿不小,敢坏爷的好事!"小青年边吐着血唾沫边骂:"俺最痛恨欺侮妇女的畜生!"歹徒手中的刀在夕阳下反射着寒光:"服不服,不服爷就在你身上戳几个血窟窿!"小青年暴吼:"不服不服,就不服!"寒光就要向小青年胸前飞去,老于朝天鸣了一枪:"警察!把刀放下,站着别动!"

老于举着枪,将手铐摔在地上:"快,一人一只,给对方铐上!"两名歹徒慢慢直起身来,不敢妄动,但好像也不肯乖乖就范。小青年忽然从地上跳起来,猛一把抓住歹徒手中的刀刃,夺过来扔出老远,那把刀立即被血染成了一团红。小青年又捡起手

铐,在歹徒的瞪视下竟非常熟练地将两人铐了。老于松了一口气,俩歹徒一下子蔫坐在沙砾上。

"虎子吧?"老于问。小青年一愣,点点头又摇摇头。老李和几个民警已跑了过来,老李牵着那几只羊,冲虎子直嚷:"你这个偷羊贼,该送去蹲大牢!"两名歹徒嗤笑起来,表情里充满了讥讽:俺们还以为是个什么英雄哩,原来也只不过是个小偷! 虎子脸上红一阵白一阵的,很尴尬地站在那儿。

老于对民警们喊:"把这俩歹徒和那位受害的女青年带回所里作询问笔录。"他又把老李叫住了,低声说:"羊不是虎子偷的,偷羊贼在俺对付这俩歹徒时溜走了。虎子是好样的,他还协助俺制服了歹徒。"真的? 老李惊得嘴半天合不拢,讪讪地说:"哎呀虎子,老李叔错怪你了,老李叔这是把人给看扁了呀!"老于看见虎子的目光里满是惊诧和感激,还有泪花在打着闪儿。

在医院给虎子包扎完伤口,老于将他拉到一边悄悄地说:"你年纪轻轻,以后别再搞小偷小摸了。你刚才的表现就不错嘛,很有英雄气概。"虎子冒出一句:"俺大就是英雄,家里还放着他的军功章呢。俺也该天生就是个英雄!"老于沉默了半晌说:"你能这样想,很好。"说完,老于就放他走了。

辗转反侧了好几个晚上,老于还是觉得自己的做法欠妥。虎子有立功表现,但他偷羊的金额够得上盗窃罪了,量刑免刑,自己不该擅作主张,应该向局纪委如实反映自己的失职! 老于打定主意,准备去局里。

正要出门,忽然老李急匆匆地进来说:"边城牧场的草料仓库失火了!"那可是几万头牲畜安全过冬的保障呀,被烧了咋行?! 老于正带人赶去,又接报说火已经扑灭了,便急切地问:"有财产损失和人员伤亡吗?"一个民警沉重地说:"财产损失不大,就是死了一个人,上草甸子一个叫作虎子的青年,在扑救大火中英勇牺牲了。"

老于心里一颤,似乎想起了什么,问老李:"虎子说他爹是个获得了军功章的英雄,是吧?"老李支支吾吾地说:"他爹不是啥英雄……其实是个……强奸杀人犯,挨了枪子儿。这事儿让娃一直觉得很害臊,在人前抬不起头来,有些自暴自弃破罐破摔……"老于愣了好一阵子,决定把虎子偷羊的事永远烂在心里。他知道,他将永远在心里承受着为自己不敢承认"徇私枉法"而愧疚的煎熬。同时,慰藉和伤痛也一齐涌上心头。"这小子,好你个'英雄虎子'!"老于的眼睛湿润了……

白　眉

老教授是林业大学鸟类学的专家学者,研究鸟的著作出了十几本,搜集的鸟类标本占八个陈列室,可谓阅鸟无数。然而他独宠一只蜡嘴鸟,名叫白眉。

白眉,小鸽般的身材,一袭浅灰色的羽毛,乌头顶配一张黄玉般的勾喙,黑亮的眼睛上方,有两道雪白秀长的眉毛。它通人性,擅长空中叼珠衔弹的绝技。

白眉是教授从死鸟堆里发现的。在送来做标本的死鸟中,它还一息尚存:身上的羽毛乱蓬蓬,下眼皮浮上去,雾一般遮住了眼睛。它斜躺在笼子的一角,不时扑一下翅膀,泻下团污水般的浊液。救命如救火!教授把药片研成粉末,撬开它的嘴巴灌进去。

不料,它死到临头充硬汉,狠狠摇着头,把药连连甩出来,甩得教授满身白药点子。教授微笑着摇摇头,不慌不忙重新往鸟嘴里塞好药,然后将鸟嘴和鼻孔捏住——一憋气,它只有咽的份了。如此填鸭式的治疗搞了半个月,白眉才死里逃生。

有教授的调教,白眉身体日益健壮,技艺甚是了得,在省鸟艺大会上一鸣惊人。教授站在会场中央,把四只玉米粒般大小的彩珠猛地掷向天空。阳光下,彩珠划出四道美丽的虹。只见立在教授肩上的白眉,箭也似的飞出去。翅膀一张一合,追捕着珠子。空中响着"嗒嗒"的衔珠声。眼见最后一粒珠子离地面不足二尺了,白眉一个"鹞子翻身",接着一个"海底捞月",擦着地皮儿飞上去,稳稳衔住,转身落在教授的手掌上,一翘尾巴连吐四珠。教授轻轻抚摸它的小脑袋,微笑着从衣兜里掏出把胡麻奖励它。它竟自吃起来。评委和观众欢声雷动。白眉一举夺得金奖,教授也不再拴着它——床头支根棍,它就安静地立在上面,成了鳏夫教授形影不离的"伴侣"。

乍暖还寒,老教授心绞痛突然发作,躺在了床上。药瓶里只剩下十几粒速效救心丸,教授拿药时,手已麻木不听使唤,药丸全顺着床缝掉到床下。教授闭上眼绝望了:完了,老命休矣!这时,床底下一阵窸窸窣窣,教授睁眼一看:白眉不见了。隔了一会儿,它冒出来,飞到教授的手上。它浑身脏兮兮的,沾满了床下的浮尘,嘴里衔满了珠子般的药丸。它的身子一抖一抖,将药丸吐在了教授的手心里。教授心头一热,一口把药吞进嘴里。基于平时的训练,白眉把透明的药粒当成了珠子衔回来,帮教授闯过了鬼门关,白眉与教授也成了生死之交。

很快春暖花开,大雁北飞。白眉变得局促不安,时不时地飞到窗前向外打量。它常常抖松羽毛啄个没完。教授知道,鸟儿配偶的季节到了,该放飞了。

放飞前,教授为它饯行。一碟苏子,一盘葵花子,白眉吃得很香。老教授像送孩子远行一样伤感。孩子走了还能回来看看,可白眉走了能回来吗? 在小院子里,教授把白眉捧在掌心告别:"再见朋友,找你的爱情鸟去吧。"然后将它奋力往空中一掷! 谁知它在空中盘旋了一圈落下来,见教授没伸手,便落在教授的肩上。如此两番,教授明白了:它渴望天空、爱情,又舍不得丢下教授。教授不由想起曹操的两句诗:绕树三匝,何枝可依。他抚着白眉光鲜的羽毛劝慰:"小家伙,坚强点,走吧,有空回家看看。"他咬咬牙,再次把它高高地抛向天空,并慌忙跑回屋,关上门。教授靠在门背后,听见白眉凄凉、不安地叫着,从门口飞向窗口,从窗口又飞到门口。它的翅膀扑棱着玻璃,像在乞求又像在告别。教授一动不动,紧闭的眼帘颤抖着,直到渐渐没了声音。

半年过去了。教授经常逛鸟市,发现新奇的鸟儿买回研究后再放飞,这是他的老习惯。这天,教授转到个大鸟笼前。笼子里有一群绿色小鹦鹉,还有只灰色的大鸟,如鹤立鸡群。不知是教授惊吓了它还是怎的,它上下飞腾,急叫着撞笼子,吓得小鹦鹉们埋头藏脑扎了堆。卖鸟人骂道:"折腾啥,看见鬼了?"教授仔细一看,是只蜡嘴,身上瘦兮兮、脏乎乎,两道秀长的白眉亮闪闪。教授的声音哆嗦起来:"白眉? 是你,还认识我?"那鸟立时安静下来,吊在笼子上,可怜巴巴地盯着教授。教授赶紧买下它。

教授准备调养它一个冬天,开春放飞。阳光明媚的日子里,教授带它去树林散步。教授在小路上走,白眉在树上跟。它从一棵松树飞到另一棵松树,不离教授左右。它在墨绿的松涛间一飞一落,忽隐忽现,像乘风破浪的冲浪高手。教授溜达够了,只要喊声"白眉,回家喽",它便飞下来,停在教授的肩上。

初冬下了一场雪,在家憋了几天才出去,白眉显得格外兴奋,它在树丛间飞舞,很快飞出了教授的视线。一会儿,不远处传来两声清脆的猎枪响,白眉歪斜着朝教授飞过来,重重摔在他摊开的手掌上。教授颤抖的手掌上沾满了鲜血。

从此教授不再养鸟。因为有只蜡嘴鸟永远陪伴着他。那是老教授眼含热泪,戴着老花镜,拿白眉的遗体精心制作的标本。它羽毛光鲜,栩栩如生,黑亮的大眼睛,哀怨困惑地注视着教授,注视着眼前的世界。

归　队

骑兵战士马尚飞获得了总部颁发的"骑兵英雄"光荣称号,但他压根乐不起来。

马尚飞绰号"马上飞"。他牧民出身,从小在马背上打滚,练出了人马合一的好骑术。他从小跟父亲打猎,还学得了一手好枪法,当了骑兵后如鱼得水。在那场战斗中,他一口气劈死了18个鬼子,还劈伤了一个日本大佐。那大佐倒地时掏出手枪,马尚飞的战马意识到危险,登时前蹄腾空,身子直立,用身体挡住了大佐的子弹而牺牲。唉,心爱的马,就是用一千个鬼子的脑袋也不换!

敌后华北战场环境残酷,马源补充被切断,他因此从骑兵"下岗",当个留守内勤。不能再"马上飞"驰骋沙场,马尚飞心里能不火急火燎?

骑兵英雄怎能无马?团长牵来自己的坐骑给马尚飞。首长运筹帷幄,指挥千军万马,离了马哪行!马尚飞死活不收,说:"首长的马是千里马,跟着我大材小用。"连长听说团长送马,赶紧忍痛割爱,把自己的战马给马尚飞送来。连长冲锋陷阵在前,岂能无马?马尚飞推辞说:"你这马负伤十几次,伤了元气,不要!"连长气得骂他:"臭小子,你挑媳妇?挑三拣四!"

这天,骑兵团把日寇骑兵中队围在村头,杀喊声震天。留守在村外的马尚飞忽然看见,一匹彪悍的枣红马疾如闪电,竟独自闯出重围,载着负伤的日本将官向这边逃来。马尚飞定睛一看,正是杀自己爱马的仇人!

马尚飞抽出雪枫刀从玉米地冲上去。那马一愣,身子略一闪,露出破绽,马尚飞的马刀已到近前。以当时枣红马的速度,只要马尚飞轻轻一抹,它的头就会滚落地面。但就在雪枫刀即将要接触到马脖子的瞬间,马尚飞突然将刀收回,枣红马趁势冲了过去。

马尚飞本想活捉这日本大佐:杀他坐骑,正好来它个人仰马翻。可近距离细瞅,他发现那枣红马外形矫健,奔跑姿态优美,速度无与伦比,不由动了恻隐之心。多好的一匹战马啊。

马可放过,人岂能放跑?面对那奔逃的身影,马尚飞举枪一点,啪,日本大佐应声落马。枣红马落荒而逃。

眼看着那马儿跑得踪影全无,马尚飞把大佐的尸体拖到附近一棵大树下,自己噌噌爬上树藏身在浓密的枝叶里,"守株待兔"。

不多时,枣红马果然返回来寻找主人。它先停在不远处,警惕地四处张望了一阵,大概没发现动静,就飞奔到大佐的尸体前,用嘴轻轻拱他,不见动静。它叼住大佐的裤带,想把主人拖走。没想到树上神兵天降,背上嘭地一沉——马尚飞飞身跳到它背上,抓住了缰绳。枣红马又惊又愤,一个奋蹄,把还未来得及穿镫

的马尚飞摔下。

马尚飞落马时紧紧挽住缰绳,枣红马拖着他一路狂奔。这倒像古代一种刑罚:人被捆住双手,被马拉着游街示众。枣红马为了甩掉陌生人,好像专捡让他难受的去处狂跑:越过荆棘林,荆棘划破了棉衣,似无数根钢针刺着他;蹚过小河,河水冰凉刺骨,身子淹在水中,呛得他一阵阵喘不过气;踏过尖利的碎石,石头硌着前胸,火辣辣地疼。马尚飞咬紧牙,死攥住缰绳不撒手。他心里明白:一松手马儿一逃,再当骑兵的梦想就破灭了。

枣红马终于跑累了,停下来呼呼地喘气。它身后,马尚飞身上的棉衣已变成了破布条,棉絮已被磨光,露出血肉模糊的身躯。

马尚飞艰难地勒缰上马,那马大概累了,似乎并没有反抗。马尚飞感到奇怪:这种极具灵性的战马就这么容易屈服?

枣红马载着他经过一片矮树林时,突然不听指挥,闪电般钻进树林,向一棵低矮的横树杈奔去。马尚飞顿时明白:狡猾的家伙,原来是想借树杈给我来个空中截击,把我扫下马!眼见大树杈迎面而来,马尚飞身子一侧,来了个镫里藏身,人闪到了马肚左侧。枣红马见此招失灵,撒腿向大树右侧冲去,它想借树干把马尚飞顶下来。马尚飞见势不妙,一低身,从马肚下面穿过,到了马身的另一侧。

那马见甩他不成,昂首嘶鸣,狂躁至极,竟奋蹄向断崖飞奔。马尚飞大惊:不要命的家伙,想跟我同归于尽!好烈性!对不起,只是目前我还不打算当烈士,我骑兵还没当够呢。

眼见快到悬崖边,马尚飞急中生智,脱掉棉袄往马头上一罩,胳膊死死搂住蒙面的马头。马顿时陷入一片黑暗,出气不畅,不由马失前蹄,被乱石绊倒在地。马尚飞的头磕在山石上,摔得一阵头晕目眩……

骑兵连发现马尚飞失踪,急忙四下寻找。只见远处一匹高头大马一瘸一拐地缓缓走来,近前一看,只见马尚飞趴在马上,满脸血污,大冬天光着上身,原来他用棉衣的布条结成绳子,把自己和马结结实实地绑在了一起。他一手紧紧攥着马缰绳,一手搂住马脖子,半昏迷中喊了句:"连长,骑兵马尚飞前来报到!"

陷　阱

小兴安岭深处有个神秘的峡谷。它山高林密,草深水清,人迹罕至。四十年前,爸爸和爷爷采药迷了路,误打误撞闯入此地。爷俩在沟里采药、打猎、挖陷阱。陷阱有四五米深,口小肚大,呈坛子形。爸爸那年16岁,每次挖好陷阱后,童心未泯的他都会在坑壁刻上一只鹿,用白色的兽骨头作眼珠,繁茂的松枝当鹿角,还镶嵌数颗开花的松塔,说得我真想见识一番。

如今,爷爷早已长眠于狍子沟,爸爸也从英俊少年变成了白发老翁。每年夏天,爸爸都要来给爷爷扫墓。

今年,爸爸患上了严重的类风湿病,祭奠爷爷的事责无旁贷地落到了我的肩上。此外,我还肩负着另一个使命:捎带为爸爸采摘纯天然中草药治病。爸爸对我单独进山颇不放心,千叮咛万嘱咐,让我千万别乱跑,免得掉进陷阱。他还怕我受潮得风湿病,硬是把充气床垫塞进我的背包里。

和当年爸爸进狍子沟的年龄一样,16岁的我对这次野游兴致勃勃。我攀陡壁,踏松涛,在小兴安岭腹地摸爬了七八天才赶

到狍子沟。当年,爷爷就是在这里误落陷阱身亡的。我就在松树下摆上供品,焚香洒酒祭奠他老人家。

祭奠完了爷爷,我掏出小药铲采药。忽然,一群美丽的香獐被惊动了,四散奔逃。一只胖胖的香獐狼狈地跟在后面,转眼就没了踪影。

我继续在半人深的草丛里采药,一不留神,脚下忽然踩空,身子一歪,坠入黑暗的深渊,失去了知觉。

不知过了多久,我感到似乎有只湿热的小手在轻轻抚摸我的脸,一股浓郁的香气冲进鼻孔。我睁开眼,原来是刚才那只胖香獐,它正用粉红的舌头舔我呢。我明白了,胖香獐和我是一对倒霉蛋,先后坠入了这个陷阱。坑里黑洞洞的,坑身有两房高,坑沿杂草丛生,露出小小一片天。

我拿出手机,一次次试着拨打110求救,可这荒山野岭根本不在服务区,只有等待陷阱主人来救!我定下心,弄好充气床垫,这才发现胖香獐的一条前腿摔断了。我给它包扎好,喂它一块巧克力,它闻闻舔舔,吃得有滋有味。之后,我躺在厚厚软软的充气垫上,不知不觉睡着了。

不知睡了多久,我被晨鸟的叫声唤醒,睁开眼,胖香獐还甜甜地睡在我身边。我对香獐很有好感,过去爸爸常讲起它们。有一次,他和爷爷在丛林里惊扰了一群香獐,领头的是一只秃尾巴的大雄獐。爷爷两眼放光,急忙朝它开了一枪,大雄獐脖子中弹,长鸣一声夺路而逃。爷爷疯了似的追,可那大雄獐很快消失在林莽中。爷爷遗憾得直跺脚:"还没见过这么大的香獐。唉,它香囊里得有多少麝香啊。"

麝香是中药材里的上品,它有起死回生的奇效,俗称"醒魂香",还能治风湿病,活血化瘀,又称"宝香"。此药如此珍贵,主要是因为不好弄到。香獐胆小、机敏,闻到人味儿就跑,很难追上。并且,香獐天生有灵性,被俘前会咬碎香囊而死,不给掠夺者留下自己的宝物。唉,这是何等悲壮!我叹了一口气。

我的叹息声惊动了胖香獐。它睁开圆圆的大眼睛,温和地看着我。我摸摸它的头,将手伸向胖香獐的胯下,哪儿有什么香囊?啊,原来是只雌獐!我失望地翕了翕鼻子。不对呀,既然雌獐身上没有香囊,可这陷阱里的香气是哪里来的呢?

我的目光在坑里搜寻,发现坑角有一处青草格外茂盛。我拨开草丛一看,不由吃了一惊。出现在我眼前的是一只大香獐的遗骸。我细细看去,发现它脖子上有一个枪眼儿,尾巴光秃秃的。啊?这不正是当年被爷爷打伤的那只大雄獐!?我给大雄獐鞠了三个躬,算是替爷爷谢罪。之后,我发现它腹部吊着个大囊袋,凑近一闻,哇,香气逼人!这大雄獐的香囊,已经固化了。我一蹦老高,哈,爸爸的病有救了!

这时,我发现对面坑壁上,隐隐约约有幅鹿画。我上前摸了摸,不由大叫一声,跌坐在充气垫上。天哪,兽骨眼!松枝!松塔!这画该是40年前我爸爸的"杰作",原来我竟掉入了当年爸爸挖的陷阱里!

洞口那片天,亮了又黑,黑了又亮,像魔境般变幻了十来次。干粮袋早瘪了,连一点饽饽渣都被我舔得干干净净。白塑料桶再也滴不出一滴水,我口干舌燥,肚子饿得咕咕叫。为了生存,我和胖香獐一起吃青草。草叶上的毛刺挂得人嗓子眼儿冒火,草腥味让我直反胃。

就在我们快饿死的时候,洞口竟出现了数只鹿头,它们犄角相错,向下发出呼唤。看来,是雄獐带着队伍来寻找妻子了。香獐们无法把我们救出去,却衔来野果、灵芝、蘑菇等,像天女散花

一般,不断丢下来,给我们充饥。

为了逃出陷阱,我开始用药铲挖土,从坑壁挖条上斜的通道钻出去。我发疯似的挖,挖出的土垫在坑底,一寸寸地垒高,斜洞也一天天见长。

洞离地面不过两米了,可偏偏下起了大雨。雨越下越大,眼看坑里的积水快没过充气垫了,洞口的水流像瀑布般倾泻而下,身下的充气垫一扑棱,漂了起来。我心里顿时一亮,仿佛抓住了救命稻草,一只手紧紧搂住胖香獐,趴在充气垫上,另一手紧紧地抓住气垫边环。充气垫载着我们渐渐浮向坑口。在离坑口一米多处,由于垫子长,坛子形的陷阱口小,它被死死地卡住了,流水形成漩涡把我们牢牢吸住。我赶紧把胖香獐举出水面,猛地送出坑口。随后我在漩涡里拼命挣扎,无奈漩涡吸力太大,怎么也上不去。这时,我看见胖香獐并没有离我远去,它站在洞口仰天长鸣。忽然,一股浓郁的香气扑面而来,只见几十只大香獐冲过来,像一堵墙围在坑口,减少了水流的冲力。胖香獐咬住我的衣服,奋力帮我挣脱出漩涡爬出坑口。

我站起身,朝香獐们深深地鞠了一躬,在浓浓的兰麝之气中,向大森林深处走去。

稀　客

芦村从未有过野猪。不知怎么一回事,前年竟冷不丁冒出来一头。那天,年轻村民小豹发现,他庄稼地里有头猪在吃庄稼。

他拿着棍子去赶。追到近前,惊得他举着棍子半天没敢落下。野猪!它长得着实怪异:鼻子长,有点像大象的鼻子;獠牙弯,弯得像两把镰刀。

咱村来了头野猪!消息令村民兴奋、惊奇,大家都想瞅瞅这家伙的风采。村委会对此很重视,这是退耕还林,生态环境改善的结果,立即对野猪进行调查核实。结果有些不尽如人意:细细地搜遍海边生态林,只发现区区一头小野猪,且长得也不甚规范:猪脸生着长鼻子,似猪又似象。准是它不被同类接受,被驱逐才流浪到此。不管怎样,老乡们还是高兴地接纳了这个不速之客。村民们经常在地头、小路边摆些瓜果蔬菜,款待这位来自远方的落户者。走亲访友,象鼻野猪也成了村民炫耀的话题。

象鼻野猪在乡亲们的呵护下,很快长成个漂亮的大母猪。人们开玩笑说:母野猪发情了,没个公野猪咋办,不如让村主任把它劁了吧。

原来,田均当村主任前是劁猪匠。劁猪,就是通过手术把猪的生殖器去掉。小公猪崽母猪崽经劁骟后,能迅速长肥,而且性格温顺便于饲养,所以十里八乡的养猪户都来找他。后来,老田发现芦村母猪配种困难,特地在家养了头魁梧矫健的大公猪。谁家母猪发情闹圈,就赶过来配种。这天半夜,田村主任迷迷糊糊被一种奇怪的声音惊醒:大公猪兴奋得哼哼直叫,配以母猪低沉的嗯嗯声。老田不由纳闷:深更半夜的,哪来的母猪?最近没人打招呼要配种呀。他拿着手电来到猪圈一照,果然大公猪正骑着一头母猪交配。老田也未细看,以为是谁家的母猪发情,深夜耐不住寂寞自己跑来求爱。好在猪圈挖得很深,猪跳进去自己就上不来,明天再打听猪的主人领走。他回屋又继续他的好梦。

次日,老田起身来到猪圈,惊得他瞠目结舌。呵,原来深夜找

情人的母猪是象鼻野猪！此时，两猪又开始卿卿我我。看见老田，野猪惊慌地甩开大公猪，围着猪圈奔跑、怪叫。大公猪以为是情人呼唤它，追上去继续亲热，哪知象鼻野猪惶恐中已无心缠绵，翻了脸，回头咬了大公猪一口，獠牙把它的屁股划出两条血痕。公猪痛得哇的一声叫，躲到一边哼哼，纳闷不知怎么得罪了新情人。

肥大、凶狠的野猪落了圈！村民纷纷跑来观看，像是挤在动物园里观赏新奇动物。象鼻野猪上蹿下跳的狼狈相，引得大伙拍手欢笑。这个说，这真是天上掉下馅饼！宰了它一户能分几斤肉！那个说，肉我不要了，猪头归我就行。村主任喝道：呸，做美梦！它是国家二级保护动物。谁活得不耐烦了？想尝尝戴手铐蹲大狱的滋味！

最后，还是林业局来人用麻醉枪麻倒它，让老田和几个小伙子抬着它放归生态林。这家伙死沉死沉的，累得大伙满身大汗。老田上气不接下气地拍拍猪头说：你好滋润！昨晚偷偷摸摸洞房花烛，今儿"回门"还得八抬大轿送你！

五个月后的一天下着大雪，傍晚村主任从乡里开会回来，隐隐约约听见路边有动静。哼哧哼哧的，谁家的猪跑到这荒郊野岭？他走近一瞧，是象鼻野猪躺在雪地里！几个月不见，它显得格外胖，肚子滚圆，像充了气一般，只是四蹄乱颤、鼻子直哼哼，紧绷绷的肚皮不断地痉挛，跳出一条条波纹。它两眼不再放凶光，痛苦、求救的眼神愣愣地瞅着老田。

野猪难产！老田心里一惊，立马掏出手机，喊来村里几个精壮的小伙子。老田脱下上衣罩住象鼻野猪的头，众人七手八脚地紧紧捆住它的四蹄，穿根杠子，小心地把它抬进村。

老田在自家西厢房铺上厚厚的干草，给它当了产房。老田赶紧洗手消毒,亲自助产。他戴上劁猪的消毒手套,左手托住着肚子摸准胎位,右手慢慢伸进去。不一会儿就小心翼翼地从它肚里掏出只小野猪。没想到,接着竟像变戏法儿一般没完没了,连着掏出了十只。一堆浅底黑花的小猪拥拥挤挤,叼着妈妈的奶头滋滋有声。老田给象鼻野猪解开绳索和头罩。一看,自己那还没下过水的新上衣,被它的獠牙挑出了十几个小洞!

村民们很快就听说了,又新奇又高兴。有的端来烧好的热水,有的特意熬了女人坐月子的小米粥。人来人往,有的给象鼻野猪擦身子,有的把小花猪一只只放在水盆里清洗。那动静,比去年村主任家儿媳妇坐月子还热闹。

这时,象鼻野猪的体力恢复,苏醒过来。它睁眼大吼了一声,吓得人们一窝蜂跑出屋。

小猪太多,奶水不够,老田又买了奶粉喂养。别人一进产房它就咬,唯独见老田进屋,它还扇扇耳朵,摇摇尾巴,令老田挺欣慰。短短十来天,老田搭上百十斤粮食喂养象鼻野猪。看它母子平安,日益强壮,他就给县林业局打了电话。

两天后的一个早晨,县林业局的笼车来接,准备将野猪送动物保护中心。老田打开门锁一看,厢房里早空空荡荡的。土坯西墙被拱出个圆洞,哪里还有野猪的踪影!老田面对林业局同志一脸尴尬:这猪不够意思。坐了月子抬屁股就跑,也不打声招呼,让你们白跑一趟。林业局同志安慰说:没事。这样也好。即便接到保护中心,养一阵也会放它们重回生态林的。

不过,老田也算没白忙活。不久,林业局送来了一面锦旗,上面绣着:爱心无限——关爱野生动物模范。

谁承想,象鼻野猪带领小猪回到树林后,频频出现在老乡的地里不断地毁庄稼。更让人揪心的是,那象鼻野猪繁殖力极强。

五六个月一窝,转眼间,野猪群壮大到20多头。小猪们得到母亲遗传,个个鼻子尖长。野猪天生有爱拱地的习惯,拱起地来比犁耙犁得还深。小豹半亩待熟的的庄稼,一夜间,被象鼻家族翻耕,颗粒无收。

人们对象鼻野猪由爱变恨,开始日夜守候在自己的田里,放鞭炮、挥棍棒驱赶来偷食的野猪。哪知道野猪不比家猪,它们机警灵活耳长腿快,没到近前它们早已溜之大吉。你地东头赶它,它转眼溜到地西头。连践踏带糟蹋,它们的游击战术让你防不胜防。

一天,小豹看见野猪又在自己地里糟蹋庄稼。他气得不顾一切,冲上去逮住一只小猪抡棒就打。小野猪哼哼的惨叫声惊动了猪妈妈。它扭身冲过来,一口咬住了小豹的大腿,顿时鲜血淋漓。附近的村民闻声赶来,才赶走野猪。

老田亡羊补牢开会紧急商议,把小豹几家受灾严重的情况统计上报林业局,请求国家予以补偿,并抽出村公积金,为他们购买了烟苗、花椒苗补栽。这些经济作物野猪闻都不闻,能增加创收。但小豹重伤险些丧命,民情更激愤,认定是村主任惹的祸!事情明摆着,老田没看管好自家大公猪,令其与象鼻野猪配种怀孕,壮大了野猪队伍。要不,一只孤零零的野猪能成多大气候?就算它拼命吃,也不会显山露水。后来,又是老田救了难产的象鼻野猪,才有今天祸害人的野猪群!老田接生野猪,就该看管好,及时交送林业局保护中心,但他却玩忽职守,让大小野猪统统溜掉,造成了今天不可挽回的局面。就这样,几封告状信飞到乡里。

乡里来调查时,几乎家家义愤填膺。征求老田意见,老田愣了半天,不解释不争辩,说捅了这么大的乱子,我不下地狱谁下地狱,我辞职吧。于是,经村民大会合议,老田被撤了职。

丢了官的田均又当起了劁猪匠。他经常几天不在家。几个月过去,村民似乎把他忘记了。偶尔见面,也只尴尬地打个招呼。

这天小豹进林子砍荆棘,见几只野猪跑来。他赶忙躲到树后,只见跑在后面的两头野猪忽然像喝醉酒一般摇摇晃晃,栽倒在草地上。一个人背着木箱追过来,蹲在倒下的野猪旁,从木箱中掏出把明晃晃的刀子,转眼间刺进野猪的下腹。小豹吓了一跳,定睛一看,是老田!他要干吗?别不是罢免了他的村主任,他气不过,来找野猪泄愤?这可杀不得!他急忙冲到老田跟前。

小豹看见,老田手脚极麻利,已经开始缝合猪的伤口了。看样子,老田是在给野猪做手术——劁猪?小豹想起野猪对他家的祸害,觉得好解气,既然杀不得,劁了你们看还泛滥不!他赶紧打招呼:田叔你干得好,这些家伙该劁!

老田摇摇头解释,他做的手术不是劁骟!原来,老田向林业局请示得到批准,对快速繁衍的野猪群进行限制。老田一直追踪野猪群,摸清了它们三五一群的活动规律后,用装麻药的肉包子麻翻它们实施节育手术,只留一对小猪不做。

老田边说,边给另一头野猪手术,它正是象鼻母猪。不知是检查耽误了时间,还是麻药效力不够,老田手术完刚缝合到一半,象鼻野猪突然醒来,开膛破肚的疼痛让它一蹦老高,向老田狠命一撞。老田倒在地上,獠牙挑破他的上衣,顿时鲜血淋漓。小豹吓得闪在一边,顺手抄起根棍子。老田被象鼻野猪踩在脚下,危急关头却忍痛断断续续地对象鼻野猪说:唉,你这冤家,害得我在乡亲面前人不人鬼不鬼的!想害我,等我把你伤口最后几针缝完也不迟!行不?

这番话让小豹感到震惊,当初老田所为是为了保护野生动物,自己怎么能把野生动物的侵害记在老田的账上?他举起棍子

刚想冲过去,只见象鼻野猪好像认出了老田,它似懂非懂地听着,低头用鼻子仔细嗅了嗅老田的脸,扇扇耳朵,摇摇尾巴,转身退去。老田像嘱咐病人一样朝它喊:象鼻,你伤口还没缝完。千万别下水,别往泥里滚!容易感染……话音未落,老田自己却昏了过去。

小豹把奄奄一息的老田背进村,乡亲们连夜抬着他送往县医院。他失血过多,乡亲们争着献血。半个月后,老田脱离了危险期。在这期间,村委会举行了大选。病榻上的老田,竟全票当选村主任。

义　犬

大志在部队是个出色的军犬训导员,复员后来城关派出所当普通民警。这里是城乡接合部,社会闲杂人员多,斗狗赌博成风。他常想:当初能带回条警犬多好!破案快,对犯罪分子是一种震慑!

这天大志晨练,看见一胖小孩朝狗狗扔土坷垃。小流浪狗竖尾扬头冲着袭击者"汪汪"地抗议。

大志轰走孩子,没想到小狗竟蔫蔫地跟上了他。大志听说过,多年养狗的人身上有股味道,狗狗能闻到。等大志回到出租屋开门,小狗猛蹿几步进了屋,在角落里趴下。

大志乐了:哇,没想到告别军犬退了伍,狗缘没断!大志给它喂饭洗澡,起名威威。春去秋来,在大志的呵护训导下,威威长成了威武大犬,陆续完成了警犬各项训练指标。

几天后的一个深夜,大志被手机铃声叫醒,所长让他马上来所里。大志是个单身汉,住所离派出所不远。他带着威威刚进大院,所长就把他领到枪械室。只见屋门被撬,屋里一片狼藉。所长告诉他:晚上值班他出去处理突发情况,等11点半回来,发现他的54式手枪和20发子弹被盗了!万一歹徒拿这枪犯下人命案,怎么得了!两人勘查现场,分析案情,认为作案者可能出自那群装修工人。前些日子他们给所里搞了十几天装修,对所里内部情况熟悉。可这伙人早已结账走人了。眼下去哪里找?!

这时,身旁的威威嗅嗅这闻闻那,然后突然飞身一蹿跳出窗户。兴许它发现了情况?两人赶紧跟了上去。大志心里高兴又紧张:这家伙迫不及待要上阵了。它第一次出击,行吗?

果然,威威穿过两条街道,来到一个岔路口停下,显得犹豫不定。它在两条小路上徘徊了几次,大志暗暗替它捏了把汗。天!别不是我对它训练还不到位,把目标跟丢了?它最后选定那条进村的路,很快停在一出租屋前狂吠。他们冲进去抓住嫌疑犯一看,果然是名见过面的装修工。俩人带着威威把屋里院里细细地搜了个遍,竟没有搜到枪支弹药,那家伙也死不承认。所长决定把他押回审讯。当他们走回到岔路口时,威威停下来,嗅着鼻子突然改变方向,向另一条小路跑去。它穿过铁路涵洞,在河边一棵大树下停住狂吠。大志打开手电爬上树,从树洞中掏出个塑料包打开,正是所长的54式手枪和子弹,一发不少。欣喜之下,大志恍然大悟:怪不得来时它在这路口犹豫不定,咳,原来这两条小路都有疑犯的气味!

一天,大志带着威威在铁路边巡逻,忽然发现远处有个孩子在铁道上玩,背后飞速开来一列火车,大志喊他竟听不见。危急

关头,大志急中生智,指着孩子的背影冲威威发出命令:快去!咬他!威威应声追去。等发现列车快冲到跟前时,孩子一下竟吓傻了,在铁轨间呆呆地站着。好在威威猛扑过来,把他撞下了铁轨,列车从他们身边呼啸而过。

紧接着,威威继续扑住孩子撕咬。原因很简单,作为高素质的警犬,在接到指挥员大志"停止"的命令前,它不会自行撤出战斗。

其实,大志当时看到孩子安全脱险,立马向威威发出了"停止攻击"的命令,并以百米冲刺的速度赶过来。只是大志的喊声,被列车的隆隆声掩盖,威威哪里听得到!大志赶到近前,喝住威威。大志认出,他就是当初打小狗的胖男孩!大志慌忙抱起他,满头大汗地送到医院抢救。

胖男孩出院后对威威伺机报复。一天,他纠来几个小混混,趁大志下乡宣传打击斗狗赌博,悄悄从所门口把威威牵出去棍棒相加,打得威威昏死过去。这情景被一骑三轮车的工人看见,把它抱上车拉走了。

大志几经打听,驱车四个小时一路颠簸,好不容易找到那三轮工的老家。主人告诉他:威威在这养了几天,还没恢复好,就一瘸一拐地走了!

这天大志趁休息,着便衣乘摩托车下乡寻找威威。路过一镇子边,看见有个斗狗场挺热闹。他心里一动。日前开打击斗狗赌博协调会时,得知有一个斗狗赌博团伙活动猖獗。他们开着大篷车各县转,打一枪换一个地方,以狗咬架胜负定赌博输赢,赢了赌资立马走人,已数次逃脱抓捕。

大志不动声色地进去摸情况。只见斗狗场用塑料布围了个大圈,与外面隔绝,中间摆放个大铁笼子,笼子里有两只狗撕咬。

现场的气氛疯狂热烈,观众纷纷掏钱下赌注,呐喊助威。果真是这帮家伙!大志悄悄拨打手机,报告所长来接应。

大铁笼子里,擂主是条黑色藏獒。它健硕如牛,眼里闪着两道锐利的凶光。接连两场,这藏獒轻易将攻擂者撕成碎片。

斗狗场庄家笑眯眯地开始张罗赌资分赃时,大志冲上前抓了个人赃俱获。

赌场助手不甘心被这孤身民警搅了局,故意悄悄打开铁笼子门。藏獒扑上来把大志猛扑倒在地。

大志赤手空拳面对这凶残的野兽,很难招架。危急之时,从路边蹿出一只大狗,冲上来咬住了藏獒的秃尾巴。

大志隐约认出来,来者是威威!它浑身泥土,瘦得皮包骨。数天流浪生涯让它显得疲惫不堪。只见藏獒转身发出挑战的怒吼,向威威逼过来。威威躲过藏獒的猛扑,弓起身,像出膛的子弹射向这"暴君"。俩狗滚成一团殊死厮杀。威威的牙齿嵌进了藏獒的肚子。藏獒忍痛咬住了威威的后腿,大脑袋连晃数下,威威被重重甩下路边的排水沟。

大志心一颤,严令赌家制止藏獒再咬。谁知喊声激怒了藏獒,它回身再次扑到大志身上。危急之际,只见威威从排水沟蹿上来,闪电一般猛扑过去,死死咬住藏獒的喉咙。藏獒暴跳如雷.原地转圈想甩掉对手。威威身体转了数圈,腿上伤口的血像雨点一般甩在大志身上,但它仍死不松口。藏獒终于力气耗尽,慢慢倒在了地上。

大志这硬汉子满眼热泪,紧紧搂住威威。它浑身哆嗦,伤腿淌血,但依然挣扎着昂首挺立,发出胜利者悲凉的嚎叫。

这时,警笛大作。所长带援军到了。

淘　金

滇南医学院应届毕业生陶力,报名当上了支教志愿者。这天,小寨小学的校长撑船来接。陶力等一干支教同学顺流南下,九曲十八弯,小船逆澜沧江支流进入原始森林腹地,来到美丽又闭塞的边陲小寨。这里可谓淙淙碧溪水,婆娑凤尾竹。尖顶竹楼旁,青杧果、绿芭蕉、金色波罗蜜挂满树。

还没下船,这些异乡人的眼球就被江边的淘金奇观吸引。箍黄头巾的毛德里(傣语:小伙子)们穿白裤衩站在浅滩上,双手端筛,弯腰晃臂,犹如孔雀开屏。白沙经过无数遍洗、漂、冲,闪亮的点点金屑才姗姗现出庐山真面目。

见陶力他们看得饶有兴趣,校长在一旁介绍:淘金这活产量少,太脏太累,一般人不来干。来淘金的小伙子,清一色是索德丽(傣语:姑娘)的未婚夫。按傣族风俗,来姑娘家做三年苦工,经过淘金的艰巨考验后方能迎娶新人。

哇,有如此浪漫的背景!陶力他们立马捋袖子挽裤腿,蹚水试一把。淘金虽然是力气活,但技术含量很高,他们折腾一阵掌握了要领时,早已累得气喘吁吁。

寨子小学正在建校舍,支教老师分住在寨民的竹楼。陶力的房东是母女二人。女儿金罕,是全村唯一的高中生,正患瘟病。早年她爸爸去缅甸做生意,一去不归杳无音信,听说他在那边另娶了女人。金罕与母亲相依为命多年,生活的艰辛令阿妈变得暴躁、任性。

陶力是医学学士。他热心地为金罕治好病,并应她恳求做起她的义务"家教"。金罕聪明伶俐悟性高,陶力有信心把她变成一只金孔雀——第一个飞出边陲小寨的大学生。

一天陶力路过澜沧江边,看见淘沙的毛德里们正忙活。啊,金罕竟鹤立鸡群般夹在其中!她素裙白衣,赤脚弯腰,像只正洗浴的白孔雀。这还了得!金罕病刚好,劳累着凉容易复发。陶力忙上前制止,哪知金罕不言声、不听劝,只管咬着嘴唇闷头淘金,陶力被"晾"在一边很尴尬、恼火。

果然没几天,金罕又犯病了。陶力叹了口气,赶紧给她治疗。等女孩病愈,才恨铁不成钢敲打她:早警告过你,你却当耳旁风,拿自己的健康当儿戏!还想不想考大学?姑娘红着脸,低头挨完"训",才娓娓道出实情:原来她家没男劳力,生活拮据借了不少债。阿妈希望她退学,要她像同龄索德丽那样,早早招个毛德里上门干活。阿妈对她实行了"经济封锁"——不给她学费。金罕不愿辍学,只好趁暑假自己淘金挣钱。陶力听了,震惊之余,觉得她挺有骨气的。

一天阿妈劝金罕退学被拒,气得向陶力大倒苦水:眼下水田的稻子熟了,都没个男人帮她收。金罕又这么不听话……陶力呵呵一笑打断她:阿婶别愁,这不小菜一碟!

第二天一早,陶力找来了几个男同学来到她家田里。这些农家子弟挥舞着镰刀,噌噌噌,忙活半天就把稻子割完了。接着,他们挥木锨"哗哗"扬场打垛,天没黑,大米就装袋拉回了家。

不久,陶力在堂屋目睹了一幕现代版"拉郎配":阿妈不知从哪拉来个毛德里,和金罕相亲。阿妈死活把金罕拉出卧室。金罕满眼泪光,求助地看了陶力一眼,挣脱妈妈摔门而出。那毛德里

见状只好尴尬告辞,阿妈气得脸色铁青。

面对这当地的古老习俗,陶力忍不住站出来为金罕说句公道话——相亲本是两相情愿的事,阿婶何必强拉硬拽,乱点鸳鸯谱!再说金罕年纪小,聪明有志气,该鼓励她考大学。

这下可引火烧身——惹得阿妈满肚子火气冲他"喷发":都是你这外乡人搅的!治病还给她补哪门子课,惯得她心高气傲。站着说话不腰疼,她读书你来供?我家这几万元债你来还?从今天起不许你再给她补课!一番话噎得陶力咬住嘴唇哑口无言。一文钱难倒英雄汉。他是农村来的贫困生,靠国家贷款才读完大学,至今还欠着银行一屁股债。兜里没钱气不粗,终究放不了响炮。

当晚,阿力果然没给金罕补课。金罕等好晚没见他回来。第二天问他,他说是抢救病人。给她布置了作业后,一连数日不见他人影。这天傍晚,她功课遇上难题,想找陶力指点。她一连找到几位支教志愿者的寄住处,都扑了空。她心里犯嘀咕:难道陶力真让阿妈骂得躲了起来,不敢露面补课了?后来另一位房东告诉她,他们去了澜沧江边。她摸黑赶到江边,只见通明火把的映照下,江水闪烁。陶力和几个同学摆开一字长蛇阵,泡在江水里哗哗淘金,个个浑身上下脏成了泥猴子。原来人家搞集体活动!金罕的心里有些失落。

一个月后,陶力他们来到金罕家,个个都瘦了一圈。陶力双眼通红,双腿已有几处溃烂。他把一袋闪闪发光的金屑塞到阿妈手里:阿婶,这些够不够还债!——阿妈满眼热泪,才真正明白什么是"志愿者行动"。

两年后,陶力结束小寨支教生涯,来母校攻读硕士研究生。在报到的新生里,他发现了一个熟悉的美丽身影:金罕穿着传统的黄底花衣裙,像只美丽的金孔雀,正俯身专注地申请"贫困生绿色通道"。

晚　节

税务局长老练要退休了,他心里少有地轻松。在金钱、美色等糖衣炮弹的狂轰滥炸下,面对各种诱惑,他两袖清风,清清白白地干了整整四十年。从今往后,他要捡起早年的爱好:轻轻松松地练练书法,踏踏实实地学国画,安度晚年。

在准备办理手续的日子里,练局长家的门被一位穿着朴素的中年男子叩开了。

来者是位残疾人。他一瘸一拐地走进来。老练慌忙扶他坐在沙发上。他认出了此人是小李。

十五年前,局里一个年轻的临时司机小李出了车祸,两腿截肢。他妻子立马离婚,扔下他和孩子走人了。小李的生活没了着落,几次自杀未遂。老练亲自开导他,很快为他申请了营业执照,并盘下一家小商铺,还自掏腰包为小李垫付了五万元启动资金。如今,小李的小商铺已发展成一个大型超市,超市总经理小李早已再婚,有了一儿一女,日子过得挺滋润,听说还担任了工商总会的副会长。

小李说:"练局,知道您就要退休了,心里不是滋味。这一带的纳税单位,都知道您秉公办事、清正廉洁。受大伙儿的委托,代表工商总会给您准备了一件小小的纪念品——可不是什么行贿,

您一定不要客气。"

练局长不动声色,静静地观察。这种送礼的场面他见多了,对那些赖着不走,死乞白赖求他犯法走后门的人,有时他会像头暴怒的狮子,不留情面地把对方轰出去。面对求他通融的亲朋好友,他也会和风细雨,如和善的长者,耐心和人家讲道理、谈后果、说危害。然后,他会拍着对方的肩膀,温和地将其"请"出门。面对一些求他办事的美女射来的火辣辣的目光和露骨的暗示,他面若冰霜,冷眼直视,让行贿者心里发毛颤抖,知难而退。老练对行贿者因人而异,不同打发,但目的只有一个:你带来啥还带回啥。

小李把随身带来的一幅画卷展开——是一幅尚未裱糊过的中国画。画上画着蓝天、白云,浓绿的荷叶间,怒放着几支粉红色的芙蓉,还有几支含苞待放,仿佛透出股股清香。画作题款是龙飞凤舞的四个草书字:莲自清香。

局长观览了一阵子,他喜爱这幅画,画的意境正符合他的心境。可赞赏归赞赏,他眉毛一抬,温和地拒绝说:"小李,还是拿回去,这不好——当然不是说这幅画不好,画很有意境。心意我领了,请收回吧。"

小李正襟危坐,大有不收不走的架势。

僵持之下,小李突然艰难站起,一下扑倒在局长面前,哽咽着说:"恩人,您救了我全家,我啥礼也没给您送过。还您那五万块钱,您也不要……我这是代表几百家商铺为您送行。您算给我个面子。这画,就算我还您给我垫付的那五万块钱,行不?您瞧,这画,怕您不接受,也没有破费去裱糊……"

局长赶紧扶起小李。话说到这个分儿上,也许被客人的诚恳所打动,他长叹了一口气:"好吧,就留下吧,谢谢,谢谢。"

客人一瘸一拐地告辞了。

没有不透风的墙。赠画一事,不知怎么传到了局里,于是很自然地引起了一番议论。其中较新颖的议论是:此画乃出自一位丹青大家之手,恐怕是花了不少钱订购的,云云。老练清廉了一辈子,临老了晚节不保,怕是踏进了"59岁现象"的怪圈泥沼。

这天,在沸沸扬扬的议论中,局长默默地走进他的办公室。他是来向同事们告别的,即日起,他可以赋闲在家了。

他望了一眼办公桌,又看看新任局长和别的几位科员,语气低沉:"今天,我要走了,谢谢大家的合作。我也没带什么礼物给大家,这里有一幅画,就留在办公室,欣赏权属于局里每个人,画的所有权归公家。"

就是那幅"莲自清香"图,他已经花钱找人给裱糊了一下,添了精美的画轴,更大气了。

办公室的后墙上揳了一枚钉子,立轴即刻被挂在墙上了。画上的题款"莲自清香"四字旁,新添了一行正楷——"与同志们共勉"。不难看出,这些新字为局长所书。办公室立马熠熠生辉,格外有朝气。大伙沉默了,陷入了沉思。

在同事惜别的目光和掌声中,练局长后退几步,深深地鞠了一躬。他朝"莲自清香"凝视了片刻,转身挺胸离去。

手　镯

进县城工作那年,我就和桃子谈了恋爱。她是商店的售货员,我则在一家公司做文书。桃子长得不算漂亮,可她身材修长,

一双玉手像手模一般。她为顾客拿货时,顾客不看货,却目不转睛地欣赏她的玉腕、玉手。人们背地里给她起了个绰号:玉手观音。

桃子是县城人,我老家则在偏僻的农村,父母都是地里刨生活的中国"标本式农民"。工资不高的我还得接济正在上学的弟妹,因此在桃子面前显得十分寒碜,有时她的女同伴过生日,别人的男朋友都去了,我却借故逃避。桃子理解,她知道我穷,给她的同伴买不起生日礼物。但这并没有影响我们之间纯洁的爱情,我们依然像天下有情人一样爱得如火如荼。每当同桃子在一起,看到她那光洁如玉的手腕时,我心里总会隐隐作痛,要是那上面挂着一对金光灿灿的手镯该多么美妙啊。然而,我没有钱买。

一次,我随公司老总一道去西双版纳出差,办完事后有人提议去逛超市。于是,我们几个便坐出租车前往景洪市的一家大型超市。其他同伴都各自上楼溜达去了,老总则让我陪着到首饰柜前挑选珠宝铂金首饰。首饰柜里,各类首饰应有尽有,款式新颖别致,精美绝伦,令人眼花缭乱。倘若在这些首饰中随意挑选一对手镯,戴在桃子的手腕上保准是一种绝妙的点缀。只可惜我口袋里没有足够的货币,就暗自思忖,等我将来有了钱,一定给桃子买一副最好的手镯,还要亲手戴在她的玉腕上。

公司老总给她的老婆买了一对金手镯,一共花费5800元。天啊,即便我在公司干一年不吃不喝也买不起这些昂贵的商品。走出超市,看见斜对面也有一家首饰店,不大,是一栋楼房的转角搭就的小店。趁老总在超市一楼休息厅等其他几位员工之际,我跑到那个转角处的首饰店前,瞧了瞧。小店也像超市里的首饰专柜一样,里面摆放的各类首饰,在日光灯的照射下同样炫目耀眼,只是价钱低廉得让人难以信服。站在澜沧江特产玻璃柜前看了好一阵子,也犹豫了好一阵子,几经砍价,我终于一咬牙,花160元买下了一对"金手镯"……晚上我几乎一夜未眠,思考着回去后怎样将这对金手镯送给桃子。

返回县城,我竟没有一丁点儿勇气把金手镯给桃子送去。直到桃子26岁生日那天,我才鼓足勇气把那对金手镯戴在她修长嫩白的玉腕上。她摸了摸又取下,看着我颔首一笑,表情复杂地问:"你哪来钱买这样贵重的礼品?"我告诉她,前不久公司发了奖金,那次去景洪市出差时就买下了那对金手镯。桃子看了我一眼,鼻子一酸,泪也涌了出来,有些伤感地说:"又难为自己,你有那么多钱么?"我说:"桃子,就只当这笔奖金没发。"

桃子十分喜欢那对金手镯,平常总舍不得戴,把它放在箱子里,只有在同学、朋友、同事们的聚会上才拿出来戴在手腕上。

后来我们结婚了,日子虽然清贫,但过得幸福、充实。不过,每看到妻子戴着那对金手镯,我总会惴惴不安,心里沉甸甸的,充满了负疚感。再后来妻子下岗了,干脆在家里带孩子。没过几年,我所供职的公司也宣告破产,孩子要上学,更加没有节余的钱给她添一件首饰。前年,我俩开始在住宅区附近的菜市场租门店做日杂品生意。随之,我们的日子渐渐地好了起来。

妻子35岁生日那天,我决定给她去县城最大的珠宝行买一对真正的金手镯。妻子意外地说:"十年前,你不就送过我一对吗?"我支支吾吾好半天,最终还是将埋藏心中10年的谎言吐出来:"那手镯不是纯金的,是澜沧江边的沙金做的,含金量7.5%。"妻子诡秘一笑,温和而娇气地说:"你给我戴上那天,我就辨出它是沙金做的。你忘了,我是售货员。"接着,她又贴在我身上说:"那我也喜欢,你对我爱情的含金量可是百分百呀。"

父亲进城

父亲长年在偏远农村种地、放羊,几次接他都不肯来。今年中秋节,我好不容易把他接到城里。我陪他看过高楼大厦后,又打"的士"去一处风景区游玩。下车时,父亲看见我给了司机二十块钱,就说:"坐一阵车怎么要这么多钱?"我说:"不多,这已经是最便宜的了。"父亲嘟囔说:"还不多?二十块钱,要卖四十个鸡蛋了。"

下车后,我就去买门票,父亲问:"又要多少钱?"那票是一百块钱一张的,我怕父亲心疼,就说:"每人五十元。"父亲还是惊叫起来:"一担稻谷又飞了!"我说:"票都买好了,进去吧。"

从风景区出来后,父亲无论如何不肯坐车了,他要我和他走路回家。从风景区回家最少有十公里,走路回家不但累死,还会被人嘲笑。我还是叫了一辆"的士"。父亲见我不听他的话,就生气地自己走了。我问司机要多少钱,司机说最少要二十五元。我预先付钱给司机说:"等一会儿见到我父亲,你就说只要两块五毛钱。"司机问我为什么要骗父亲,我说:"我父亲刚从乡下来,他心疼钱,已经很生气了,死活不肯坐车。"司机愣了一下才说:"好吧。"

我坐上车子,一会儿就赶上了父亲。司机把车停在父亲身边,我叫父亲上车,父亲却要我下车。司机说:"大叔,您快上来吧。我是顺路捎你们回去,只收两块五毛钱。"父亲这才上了车,一个劲地谢司机。

司机一路跟父亲说话,把我们送到家门口时,还亲自给父亲打开车门。等父亲下了车,进了家后,司机又把我叫回到车边,将那二十五元钱还给我说:"这钱,你拿去买一瓶酒给大叔喝吧。"我莫名其妙地问:"你为什么不要钱?"司机说:"因为你父亲太像我父亲了。我父亲进城后,也是心疼钱,不肯坐车。"我问:"你父亲还好吧?"司机说:"他走路回家时,被车撞死了。"

司机眼里涌满了泪水,他默默地开车走了。我买了一瓶酒给父亲,可司机给的那二十五元钱,我至今还保存着。

借　钱

早上,倪二的老婆问倪二:"倪二,你兄弟老婆昨晚住院了你知不知道?"

倪二说:"我知道了,我正想去医院看看。"

"你快去吧,哦,去了就先打发他们两三百块钱,封住他们的嘴,别让他们再开口借钱了。"老婆吩咐道。

倪二说:"我知道了。"正准备出门的时候,兄弟倪三就跌跌撞撞地推开了倪二的门。

倪三跌坐在倪二的沙发上,哭丧着脸:"二哥,松他妈,子宫瘤,得动大手术,已住进医院里了……实在没办法,我想,想向、向你们借两千块钱……"

倪二说:"我知道了,我正想到医院去看看呢。这钱嘛……"

倪二不知道怎么回绝自家的兄弟。拿出两千块钱对倪二来说,是一件轻而易举的事情,可是,这两千块钱一旦出手,就是肉包子打狗,有去无回。几年来,倪二已陆陆续续借给倪三四千块钱了,倪三一直没有还过半分。倪二想着这些钱有些心疼。

"三弟,不是我们不想帮你,我那妹妹来了,做服装生意的,说是本钱周转不过来,借走了我们的钱,现在我们已没有一分余钱了,你另想办法吧。"倪二老婆赶紧抢过话头,倪二老婆比倪二更心疼钱。

"哥,嫂,我是火烧眉毛了,你们再帮我一次吧,你们放心,我不会赖账的,我是实在没有办法,有了钱我会旧债新债一起还。"倪三显然底气不足。

"我已经说过了,是实在没有钱了。这里有三百块钱,你先拿去应急吧。"倪二老婆走进里屋,取出了三张"老人头"。

"那,我走了……"倪三一抹眼泪,歪着身子迈出了倪二的门槛。

第二天早上,村西头的建筑工头王山闯进了倪二的家门。"哎哟,山叔,什么风把你吹来了?真是贵客啊!"倪二老婆满面春风地迎了上去。

"嘿,无事不登三宝殿,直说吧,向你借钱来了!"王山快言快语地说。

"你这不是开玩笑嘛,谁不知道你是个大老板呢,还用向我们借钱?这不是笑话嘛。"

"真的,不是开玩笑。"王山坐在沙发上,递给倪二一支"小熊猫",自己也点燃了一支,吐出了一个烟圈,"最近上边限得紧,过年不得拖欠民工工钱,而甲方又不能按时付款,现在手头紧了一点。怎么样,借我两万应应急,一分利息,甲方付款后连本带利还你。"

"这……"倪二有些疑虑。

"哟,我说五叔,都不是外人,说什么利息不利息的……只要你看得起我们,我们就高兴了,两万就两万吧!"倪二老婆迅速算出利息比银行多出了多少,禁不住有些喜出望外。

"好,爽快!你们先把钱准备着,我明天过来要。"王山也很高兴。

"这样不太好吧?要是给老三知道了,多不好……"王山走后,倪二顾虑重重地对老婆说。

"怕什么,我不偷不抢,我的钱爱借给谁给谁。我们借给老三的钱还少吗?"倪二老婆一副满不在乎的样子。

"这也是……"倪二心里还是有些不安,"不过,昨天我去医院看了,老三他老婆病得确实不轻,他在四处借钱,作为亲兄弟,我们不帮他,实在有些说不过去,再说,外人会怎么说……不如就借给他千把块钱吧……"

"你自己有钱你就借,别拿我的血汗钱来糟蹋!"老婆口气很硬。

王山借走了两万块钱后,倪二心里有些隐隐作痛,觉得有点儿对不住自己的兄弟。跟兄弟碰面,倪二不敢抬头正面看他。

第二天,倪三又登了倪二的门。倪二老婆在旁边不断地朝倪二使眼色,她的意思很明确:再次顶住,一分钱都别借给他!

倪三并不开口借钱,却从怀里掏出一沓钱,一张一张地数:"哥,嫂,这回先还你们一千,剩余的等以后有了,再还……"

倪二瞪大了眼睛:"松他妈住院不是紧着用钱吗,你哪来的钱还我们?"

"昨天,工头王山还了我四千块工钱,住院三千就够了,剩下

一千先还你们吧。哥,你点一点。"

倪二接过这沓昨天刚从这里出去又绕回来的钱,心里就直想哭。

密 码

厂长老李退休了。他的房间里有一个小巧的保险柜,老李像对待初生婴儿一样对其呵护有加,早中晚都要小心翼翼地擦一次。他当了二十年的小厂厂长,这保险柜也跟了他二十年。老李一天天地老了,保险柜却崭新如初。

老李有两个儿子,大儿子叫得利,二儿子叫德良。老李自老伴去世后,一直跟着小儿子过。小儿子家境不太宽裕,但对待老李是有求必应,好茶好饭好酒地伺候,小儿媳也像亲闺女一样孝敬他。老李逢人便夸,德良两口子孝顺啊!而得利呢,当个副镇长,住着偌大的房子,却没为老李留出一席之地。老李好个烟酒,得利家里多余的烟酒宁可廉价卖给小卖部,也没给老李送过一点。得利每个月给德良二百块钱,算是老李的赡养费。

一天,老李晨练时跌了一跤,中风了。

老李在床上躺了两年,两年里烧茶递水、擦屎端尿,都是德良两口子的事。得利总是借口工作忙,只是把赡养费从二百提到了三百元。

到了这年的秋天,老李一天天不行了。这天,得利突然哭哭啼啼地找到德良,说这么多年没有真正对老李尽过孝心,要把父亲接过去好好服侍几天。德良看出得利尽孝是假,惦记父亲的保险柜是真,便婉转地道:"哥,你去征求一下爸的意见。"

得利拉着父亲骨瘦如柴的手,哽咽着道:"爸,儿子工作太忙,没能好好照顾您,您就去我家住些日子,让我尽尽孝吧!"

老李摇头不同意,得利好话说了一箩筐,老李执意不肯。

又过了几天,老李到了弥留之际。亲朋好友都聚到了他的床前,他叫来了得利与德良,道:"儿啊,爸这辈子没有什么东西留给你们,只有一个保险柜,保险柜是六位数密码,今天当着众亲朋的面,你俩猜,谁猜对了,保险柜就归谁。"

得利迫不及待:"爸,一定是您的生日!"

老李摇摇头,得利顿觉浑身冰凉。他紧张地看着德良,他希望德良也猜错,这样他就还有机会。

老李注视着德良,德良此刻的心都碎了,"爸,您还能活,怎么突然说这些话啊!"

老李吃力地道:"德良,你,你也猜一个吧。"

德良不忍拂拒,只有报出了一个六位数,"爸,201314,儿子爱您一生一世啊!"

老李微笑着点点头,又示意德良将耳朵贴到他的嘴边,说了一句:"记住爸爸的生日啊!"德良点着头痛哭流涕……老李含笑九泉了。料理完老李的后事,德良就去开保险柜。他用201314这个密码,可怎么也打不开。德良突然想起父亲临终的那句话,他用父亲的生日数字一试,保险柜开了!天啊!当时大哥得利猜的密码是对的,只是父亲根本不想把保险柜给得利!保险柜里竟躺着父亲一生的积蓄……

巧 遇

那天,我在街上等人,遇上个难缠的女人。这中年妇女问我:"先生,擦皮鞋吗?"我边走边说:"不擦。"女人跟着我说:"只收一块钱,保证给你擦得亮亮的。"我不耐烦地说:"不擦不擦。"加快了脚步。女人还不肯放弃,竟小跑着跟上来,可怜巴巴地说:"先生,你的鞋都脏了,就让我擦一次吧。"

我的鞋沾了不少灰尘,确实该擦了,加上女人的坚韧打动了我,于是我就停下来。女人随身带着小板凳,她让我坐在小板凳上,自己却蹲着给我擦鞋。为了不弄脏我的裤脚和袜子,她叫我把鞋子脱下来,再铺一张报纸给我垫脚。

我问女人是哪里人,她不答,忽然站起来,往远处看了一眼,也不收拾鞋摊,就拿着我擦了一半的皮鞋,慌慌张张地跑进了一条小巷。我以为是城管来了,不准在大街上擦鞋,可看看四周,根本没有穿制服的人,只有几个大学生模样的小伙子从旁边走过。我这才醒悟过来,女人是个骗子,她拿走了我的皮鞋。我大叫一声"抓贼啊",就光着脚冲进了小巷。那几个小伙子闻讯也跑了过来。

女人在小巷里跑得飞快,我们一时竟追不上她,后来我们兵分两路,在两头一堵,才把她抓住。

我夺回自己的皮鞋,正要教训女人一顿,一个小伙子却吃惊地问:"妈,你怎么在这,还偷人家的皮鞋?"这个女人竟是小伙子的母亲。女人低下头说:"我,我没偷他的皮鞋。"我说:"你连骗带抢,比偷还坏。"女人涨红了脸说:"先生,我本想在巷子里躲一躲就出去的,没想到你追进来,还把我儿子喊来。"我撇撇嘴说:"那你跑什么呀? 明明是心里有鬼,还想狡辩。"女人说:"我不想让孩子看见我擦皮鞋,怕孩子在同学面前丢脸。"

几个同学果然一脸的鄙视,小伙子也生气地说,"妈,你怎么干这种活,还骗我说是去当会计?"女人惶恐地说:"都怪妈没本事。"小伙子说:"再没本事也不能到大街上擦鞋呀,搞得我多没面子!"我实在听不下去了,就问小伙子在什么学校读书,小伙子说出了一所普通大学的校名,我说:"你怎么放着北大清华不读,而读这么普通的大学,搞得你母亲多没面子啊! 你没听说过,儿不嫌母丑,狗不嫌家贫?"小伙子们一下愣住了。

我扶着流泪的女人,慢慢向她的鞋摊走去。

旅　伴

这年夏天,狄明去北京参观京华饲料有限公司。京华,可是全国的知名品牌,他想从那里引进一套设备,大干一番。目前养殖业发展迅猛,他的生意也兴旺发达,日进斗金。他是个精明人,经常到外地参观考察,学经验长见识,梦想有一天他的"兴旺"饲料也能红遍大江南北。

火车站,通往北京的 0142 号列车到站了。狄明的一只脚刚踏上火车,忽然旁边挤过来一个妙龄女郎,她的一只脚也踏上了

火车,慌里慌张地刚好踩在狄明光洁明亮的皮鞋上。女郎看了看狄明,忙说:"对不起,我不是有意的。"说着她掏出手拍,准备弯腰给狄明擦皮鞋。狄明往车厢里走了走,笑着说:"应该我说对不起。我的脚占了你脚的位置,你的脚没处放才踩了我的脚。"他的幽默引人发笑,女郎也微笑着收起了手帕。

穿过两节车厢,狄明找到了自己的位置——14号座。15号坐着刚才那位女郎,女郎向他笑了笑,笑得很甜,招呼他坐下。

狄明预感旅途肯定会分外兴奋,能和这样天仙般的女郎结伴而行,他就是坐上十天十夜的火车也不会感觉寂寞劳累。狄明在小县城里是个知名人物,不仅仅是因为他办了个饲料厂,更主要的是他面善,同人见面一回生两回熟,三回见了不分你和我。不过他挺精明的,不是人人都能成为他的朋友,得看禀性。

"真巧。"他说。

"真巧。刚才真是对不起。"她显得很不好意思,有些娇艳有些羞涩。

"我不是说过是我的错嘛。听口音你不像河南人,是吧?"

"大哥真是好眼力。我是天津人,来河南做了笔小生意,现在想去北京玩两天,大哥也是去北京的吧?"

"今天巧事都碰到一块了,我也去北京玩两天。不知小姐做啥生意?这是我的名片,请多关照。"狄明说着,把名片递了过去。名片很精致,飘着柔柔的清香。他印有两种名片,在本地,他用本地名片——兴旺饲料厂厂长狄明;出外,他用另一种名片——发发饲料有限责任公司董事长狄明。

"呀!你就是狄董事长啊?早有耳闻,我去过你的公司,实力不小啊!"她的声音带有磁性,狄明听着,心里麻酥酥的。女郎漂亮、丰腴,身上飘着幽香,修长白皙的左腿时不时地磕碰着狄明,狄明乐此不疲。"我叫李芳,给天津一家医药公司跑业务。你在天津有熟人吗?"女郎的话多了,神采飞扬,完全把狄明当成了知己好友。

"天津?我怎会没熟人?我妹妹艳萍在天津上大学,名牌大学。"狄明得意扬扬地说,这是他在外经常炫耀的一件事,他常以此为荣。

"你能将地址给我吗?我回天津后好去看看她,帮你问一下好。有啥困难我会尽力帮忙,也不枉今日你我相识一场。"女郎说得情真意切,深深地打动了狄明。他们素昧平生,她却如此热情,怎能不让他感动?真是踏破铁鞋无觅处,得来全不费工夫。不过,他没告诉她地址,他推说忘了详细地址,学校大,人多不易找。有她这句话,他就备感受用了,不敢再有其他奢望。

在谈笑风生中,车到站了。两人下了火车,各奔东西,狄明兴致勃勃地离开车站,下意识地摸了摸口袋,钱包不见了,烟盒还在,他长长松了口气,自言自语说:"看谁厉害?钱包里的手纸够用两次的,幸亏这次多长了个心眼,将钱装进了烟盒,要不然……"

北京之旅他很愉快,厂里生意很红火,转眼半年过去了。

一天,狄明接到一个电话。电话里传来了娇滴滴的声音:"是狄董事长家吗?"

"是的,我是狄明,请问你是哪位?"他听这声音有些耳熟,但就是想不起是谁。

"我叫李芬,天津的,你妹妹艳萍遇到了车祸,正在医院抢救呢!"

"我妹妹?艳萍?车祸?"狄明吃惊地问。

"我是她同学,我们一起去商场,没想到……我正在医院里,医院让交两万元手续费。请你务必尽快将款汇到天津××医院

××账号,越快越好,等着做手术用呢!"

"你搞错了吧?"他有些疑惑。

"没有。我和艳萍亲如姐妹,我怎么会搞错呢?你这做哥哥的就这么冷漠无情?"

"我再说一遍,你搞错了!"他的大脑信息库里浮现出了那女郎的面目。

"你这人是冷血动物啊!你妹妹假如有个三长两短,看你怎么办!"

"好了。你好人做到底,送佛送到西,一切都由你负责好了。"狄明不耐烦地挂了电话,心里暗笑:这骚娘们儿偷了我的钱包还想来敲诈我,真是用心险恶狠毒至极!

原来狄明的妹妹艳萍几天前已从学校毕业回了家,与北京的一家大公司签了合同,过几天就去报到。

正　派

打字员小燕儿将校对稿放在小郝的办公桌上之后转身而去。他没有马上校对,而是目送小燕儿走出办公室,然后对吴部长说:"部长,你看小燕的屁股,真是性感!"

吴部长正在埋头起草一份文件,听小郝说完,头也不抬地批评道:"你好好地干点儿正经事成不成?眼睛没地方放了?"

"我说的是大实话!"

"那叫流氓话!"

"封建!"

"不是我封建,是你污染环境!"

他俩正辩论着,收发员送来了报纸、杂志。小郝先睹为快,看着看着,忽然发现《美术周报》上有一幅彩色油画,急忙拿起来欣赏,一边看一边咂嘴不已,情不自禁地将油画举向吴部长:"部长,快看,没治儿了!"

这回吴部长被小郝惊诧的话语震得抬起头来,将目光投向油画,只见一位全身一丝不挂的裸女双乳高凸,身段苗条,五官端正,双目含情。她的左肩扛着一个大肚、细脖、小口径的紫色瓷瓶,瓶身向下倾斜着,从瓶口中缓缓地流出一股清泉,如瀑布般地洒落在地上……吴部长一见,急忙把双眼闭上,如同吃了耗子药,急切地说:"这,这是美工老孙订的教材,你,你不准看,快,快把它放下!"

小郝无奈,只好把报纸放在老孙的办公桌上,不满地说:"少见多怪!"

"谁少见多怪?那是你们年轻人看的吗?"

"怎么了?"

"怎么了,老看那样的东西会学坏的!"

"人家报纸上写着呢!"小郝平心静气地说,"这是法国新古典主义代表画家安格尔的名画,叫作《泉》!"

"我不管叫什么,反正咱们都不能看!"

小郝虽不服气,但不再反驳。

到下班的时候了,小郝一声不吭地开门离去。吴部长看看手表,起身把门关上,然后走到老孙的办公桌前,拿起了那幅名画观看,电话铃响了好几次他都没有去接……

查 屏

岩和芳结婚8年,他们都在职场上打拼,都有各自的社交圈和客户群。如果比较岩和芳受欢迎的程度和业绩的多少,从他们的手机上就可一目了然,只要回到家中,岩和芳的手机就不断地鸣叫,来电的,来短信的,此起彼伏,比赛似的。

为了表示对对方的忠诚,岩和芳都没有给手机加密,这样,他们就可以随意看对方手机里的东西。打开手机屏上的菜单,马上跳出"已接电话""已拨电话""未接电话""短信服务"等选项,想看某一项,一点即可,像进入一个个不设防的城市。不仅如此,谁的手机响了,自己正忙着,就叫对方接一下。

给岩和芳打电话的人,当然有男有女。不过,给岩打电话的女的比男的相应多一些,给芳打电话的男的比女的相应多一些,怎么说,这都是正常现象。但是,放在夫妻间就不正常了。岩替芳接电话,噢,男的。下次再接,还是男的。岩很不悦,嘴上不说,心里在嘀咕:为什么你的电话总是男人打来的?

芳替岩接电话,接了一个,是女的,偏巧接下一个时,还是女的。芳也很不悦,她没有岩那样的城府,经常在岩听完电话后就问他:她是谁呀?来电话什么事情?

尤其让他们怀疑的是,有时候电话通了,那头只"喂"了一声,再也不出声了,或者匆匆说了句打错电话了,便把电话挂断。其实,这也很正常,因为来电话的人,听是一个陌生的声音,真以为拨错电话了,任何使用手机的人,都会遇到这种事情。但是,放在夫妻间,这也不正常,岩和芳都怀疑对方有事瞒着自己。

越怀疑,他们越想查对方的手机。这一查,又查出事情来了。

每次查对方的通话记录,岩和芳总能在手机屏上发现几个熟悉的号码,时间长了,这些号码就上了"黑名单",重点关注。下次对方手机响了,首先看是不是"黑名单"上的,如果是,岩和芳都会用一种异样的表情观察对方,似乎能从对方的脸上看出蛛丝马迹。

遇上心情不好的时候查来电记录,有"黑名单"上的号码,岩和芳很可能立即就火了,朝对方嚷道:这个电话什么时候来的?什么事情?他们之间的质问充满火药味。

一次,芳在岩的手机上查到一条这样的短信:手机是人类最伟大的发明,你是我最伟大的发现,我已申请注册,专利号是5241(我爱死你),有效期为一万年。短信是岩的同事朱小姐发来的。面对芳的责问,岩轻描淡写地说,你就没有收到这样的短信?现在短信满天飞,你发过来,我发过去,全是闹着玩的。

芳板起面孔说,再闹着玩,这个家就玩完了!说,你和朱小姐什么关系?

任凭岩怎么解释,芳还是不相信。岩急了,把手机摔在地板上,发誓说,我不用手机了,再用我就不是人!

岩仍然用手机。幸好那部手机只被岩摔坏了显示屏。

从此,他们不再互相查屏了。

代　价

这天，我挤车时被人撞了一下，一摸裤兜，钱包不见了！

撞人的家伙正匆匆地挤出人群。我赶紧追过去，不妨脚下飞来"扫堂腿"，让我摔了个嘴啃泥。还没等反应过来，双手竟被戴上了手铐："警察，老实点！"我扭头一看，一位穿便衣的姑娘拽起我。

丢钱的被当小偷抓，我哭笑不得。等女警陪我走出反扒队大门，她像个犯错的孩子，连央求带拖拽，把我拉进了一家餐馆。

这女警叫任真，警校毕业刚分到反扒队，今天是她上岗第一天。唉，既然是新手，就认倒霉吧。

任真不断地给我夹菜倒酒，还掏出一沓钱递给我："唉，小偷偷了你455元，你点点吧。"

我愣住了：小偷跑了警察来赔钱？新鲜！这钱咋能收？再说了，比起包里的钱，钱包本身更让人心疼啊！鳄鱼皮料，铂金镶边，正中雄鹰标牌上的那双鹰眼，镶嵌的是南非钻石，价值2500美金，是我已故的父亲留下的珍贵遗物。

任真一听，温和的脸一下子绷了起来："刚才做笔录的时候你怎么不说？"我负气地说："说有什么用，你能给找回来？"

她沉下脸："吃好了没有？回去重新做笔录！"我又乖乖跟她"二进宫"。依照我的描述，她给小偷画了人像。

一天，我乘坐公交车，上来三个年轻人。几乎是同时，装扮成盲人的任真不知从哪里钻了出来,胸前挂着个旧挎包,手里拄着拐棍朝他们靠了过去。

转眼间,其中一个家伙掏出乘客口袋里的钱包,迅速转移到另一个家伙手中。从配合的默契度看,他们绝对是作案老手。就在他们又向乘客下手的时候,只见任真双臂一挥,从胸前的挎包里掏出两副手铐,"咔嚓咔嚓"同时把两个家伙的手铐了起来。第三个家伙见势不妙,从腰里拔出匕首就朝任真刺去。

危险!我立马出手,扑过去紧紧抱住那个家伙的胳膊。小偷拼命想挣脱,反过手腕用刀往我肚子上扎,我只觉一阵钻心的痛,死不松手。任真腾出身来,狠狠一拳把歹徒打倒在地。我昏倒了。

我在本地没有亲人,反扒队特意安排任真照顾我。我从昏迷中苏醒过来时,任真竟变成了我的"对象"!护士找任真,就问我:"你对象呢?"同室病友更是口无遮拦:"你对象看你睡觉,让我告诉你一声,她去反扒队复制小偷画像了。"

开口闭口"对象",我问他:"你咋知道她是我对象?"

原来,我被送来抢救时,被刀子扎破了肠子,需要马上动手术。可动手术需要家属签字,由于时间紧,伤情重,任真想也没想,劈头就问医生:"女朋友签字可以吗?"于是众目睽睽之下,她在亲属栏里郑重地签下了自己的名字。

我对病友说:"拜托,人家早名花有主了。"

哪知,这话恰好让任真听见了,趁病友不在的时候,她红着脸气冲冲地问我:"哎,你凭啥说人家'名花有主'?"

这叫我如何解释?那天她掏饭票把警官证掏出来,我无意间看到里面夹着一张小伙子的照片,心里一阵莫名其妙的酸楚:准是她的对象,要不怎么随身带着?

谁知,她听了哈哈大笑,掏出警官证取出照片递给我说:"小心眼!我这'朋友'你最熟悉。"我一看那人似曾相识!原来是那张小偷画像的缩小版。

为恢复体力,任真陪我步行回家拿衣物。滨河路上,任真凭职业习惯,两眼溜溜地扫视着人群。

这时,任真忽然拽住我说:"你看那人!"

我扭头望去,只见一个瘦家伙正掏钱买烟,手里的鳄鱼钱包白金边,钻石鹰眼闪闪发光。我大吼一声扑了过去。

眼看已制服这个家伙了,哪知他手臂一抢,那钱包飞进了河里。

任真随即纵身跳进河里。

我把小偷交给巡警,也跳入水中。钱包早已无踪影。我抓住她:"你疯啦!为个破钱包把命搭上,值吗?"

任真终于忍不住,孩子般哭了起来:"那钱包,是你、珍贵的纪念,我得找、找回来……"哭着哭着,她清醒过来,冻得牙齿打战,问:"你、你,干、干吗也跳下来?伤才好点……"

我俩牵着手有些失落地向堤岸上游去。忽然,任真的眼睛放出欣喜的光芒。我顺着她的目光望去,只见河岸阶梯边的角落里,一个钱包在浑浊的拍岸浪里沉浮,那颗鹰眼钻石射出迷人的光芒……

谈　话

公司某车间主任退休后,公司计划从该车间工程师中提拔一个人到车间主任的位子上来。

人选有两个:一个是电气工程师李琦,另一个是机械设备工程师方劲。这两个工程师都是车间的优秀分子,他们业务能力强,教学有方,为人正派,用老百姓的话说:两个人都是好"苗子"。

经理派人对两个工程师进行了考察,一切都是按程序进行的。先搞民主推荐,两个人得票数旗鼓相当。再进行业务考试,成绩都很突出。后又发表竞职演说,都很精彩,博得了阵阵掌声。

面对上述情况,究竟提拔谁呢?经理等几个负责考察的同志都拿不准最后的方案,因为两个人不相上下,按说都可以提拔。但车间主任的空缺只一个,这事还真让考察组的同志犯难了。

最后,考察组把两个人的情况向总公司做了汇报。听了汇报后,总公司决定,由厂长分别找两个工程师谈话,进行最后一次考察。

厂长过去是在组织部门搞干部人事工作的,对考察干部很有一套,看人看得很准。

厂长在工作时间分别找两个工程师谈话,而且就在他们的车间里进行。

他先和电气工程师李琦谈。李琦毕业于某大学电子系,博士

学位,知识渊博,口齿伶俐,面对厂长的问话,侃侃而谈,而且举止大方,毫无怯意。厂长很欣赏李琦的才干。谈话进行到一半时,进来了一个青年工人。维修时,他有一张设备电路图弄不明白,找李工讲解。李琦有些不满地对这个青年工人说,你没看到厂长正跟我谈话吗?你的问题先去请教别的师傅。青年工人说他请教了,别的师傅也不懂,就来请教李工了。李琦说,你先走开,等厂长跟我谈完话后,你再来找我。

青年工人似乎有点失望地走了。

青年工人走后,厂长说,我们今天就谈到这里。李琦说,不好意思,让青年工人打扰了。厂长说,没事没事,我们也就是谈这些了。

厂长随后找机械设备工程师方劲谈。方劲个头不高,人很精神,听说平时总穿着油脂麻花的工作服,除了看设备图纸,就是到车间熟悉设备。面对厂长的问话,方劲不像李琦那样滔滔不绝,他甚至还有一点腼腆。巧的是,跟李琦一样,厂长和他刚谈到一半时,进来了一个青年工人,说是机械出了故障,找方劲寻问机械图纸。方劲听说机械出了故障,立马对厂长笑笑说,对不起,打扰一会儿,我先去看看,把故障排除一下。不等厂长点头,他就随青年工人跑了出去。

方劲在机械设备跟前认真检查,反倒把厂长忘在了脑后。随后,他穿着新衣服,钻进了机床底下。这时,厂长也许等得不耐烦了,悄悄走过来看了一阵子就走开了。方劲修了好一阵才钻出来,新衣服沾满了油污,像个花大褂。他很认真地给青年工人讲解设备原理。方劲回到车间办公室时,发现厂长不知什么时候已经走了。方劲等了一会儿,几个跟他关系特好的工程师劈头就埋怨道,你这个书呆子,给青年工人排除故障急啥?这是个千载难逢的提拔机会呀！非要把厂长晾在一边，这多不好呀！厂长似乎生气了，已经回厂部了。

方劲摇了摇头，没说啥。

三天以后，车间主任的任命通知下来了，是方劲。人们不知道的是，厂长在与俩候选工程师分别谈话时出现的那两名求助的青年工人，是他亲自事先安排好的。

寻　死

戴生恍恍惚惚地从药店里走了出来，他手里抓着几粒用处方纸包着的安眠药。终于凑够了，他心里对自己说，今天晚上就可以安然地离开这个世界了。几天来，为了凑够可以自杀的安眠药剂量，戴生天天往药店跑，现在这种奔波终于要画上句号了。

再看一眼这个世界吧，这个世界尽管灰暗，尽管荒凉，尽管冷漠，但自己好歹也在这个世界混了36年。

回去的路上，戴生走得很慢，一边走一边打量着周围的人和物。

买瓶酒回去吧。戴生对自己说。古代那些江洋大盗上刑场尚且要喝断头酒，我难道连他们都不如？

戴生走进一家商店，买了一瓶二锅头。

戴生拎着酒走了十几米，一辆自行车突然从左边的小巷里蹿了出来，骑车的小伙子发现了路中央有人，不停地按铃。要是在以前，戴生轻轻一闪就能让开，但是今天他的腿脚和脑袋都不灵

便,他还没有反应过来,就被自行车撞倒了,骑车的小伙子也滚到了路边。

一股酒香弥漫开来,哎哟不好,酒瓶破了。戴生爬过去捡起酒瓶一看,一瓶酒只剩下个底儿。

唉,人人都跟我作对,连断头酒也不让我喝。戴生狠狠地瞪了小伙子一眼。那一瞬间,戴生怔住了——小伙子是个残疾人,他只有右腿是正常的,左腿严重萎缩。小伙子正费劲地从自行车后座上取出自己的拐杖。戴生心里生出一股悲天悯人的情感。他走过去帮小伙子把拐杖取下,把他扶起,然后帮他把自行车扶起。

小伙子连声说谢谢。

戴生和小伙子都摔得不轻,两人把自行车推到墙边,找了个干净的地方坐下来。

"兄弟你的腿……"戴生小心翼翼地问。

小伙子的眼睛暗淡了一下,旋即又恢复了正常:"我6岁那年发烧,打针时把腿给打坏了……已经过去20年了……刚开始的时候,我心里一片灰暗。"

戴生心里猛地一惊。

"我高考时上了录取分数线,但因为我的腿,没有一所学校肯要我……"戴生心里又是一惊。

"后来我学会了修理电器,开了一个店,诚信经营,生意逐渐好了起来。如今,店的规模扩大了好几倍,既卖电器又修理电器,我今天就是上客户家修理冰箱,我还带了一个徒弟呢。"

戴生又问道:"兄弟,你莫怪我多嘴,你遇到那一系列的挫折后想过自杀没有?"

"自杀?我为什么要自杀?好死不如赖活着,老天爷不想让我活得自在,我偏要活得自在!"

戴生在心里把自己骂了个狗血喷头。

"兄弟,谢谢你,你救了我的命!"戴生说,"实不相瞒,我是个破了产的商人,破产后,妻子跟我离了婚,把儿子带走了,狐朋狗友们一下子也不见了,万念俱灰下,我想到了死。我计划今天晚上喝了那瓶酒后就服安眠药。但是现在我改变了主意,我一定要好好地活下去,一定要东山再起!"

戴生说完,掏出那包安眠药,扬手丢进了附近的水池,然后向小伙子招了招手,转身大步离去。

呼　叫

他们经营着一家效益还不错的小书店,两个人轮流守着,他值上午班,她值下午班。日子就像秋天的湖水一样平静而悠闲。他们和和睦睦,相敬如宾,从来不会有争吵。争吵对于他们来说,实在是个奢侈的东西。他们是聋哑人。

每天,他早早起床,做好早餐,然后去书店开门营业,约莫快到十点钟的时候,他就给她发条短信:"小懒虫,该起床了!"当然,有时他也会唤她别的爱称,诸如"丫头""宝宝"什么的。这时,她睡衣里的手机就会震动,她于是起床,吃他留给她的那份早餐,收拾家务,做午饭,然后到书店,两个人一起吃午饭,她留下来值班,他回家睡午觉。到了傍晚,他会拎着做好的饭菜到书店,两个人共进晚餐,然后一起守到八点钟,踏着月光或者顶着风雨携

手回家。这就是他们的一天——近乎格式化、轨道式的生活。

一天,他像往常一样做好了早餐,然后去书店。等到了书店,他才发现出门前竟忘了拿钥匙,于是折回家取。赶到楼下时,整栋楼已经被警察完全封锁了,只见烟雾弥漫,警灯闪烁,消防队员们正挥舞着高压水枪全力扑火。然而,似乎并没有什么效果,火势越来越大,楼梯口不时有人跌跌撞撞、狼狈不堪地逃出来,现场乱得像一锅煮沸了的粥。他心里一惊,她一定还在睡觉。

他越过隔离带想往里冲,一名警察将他拦住了。警察叽里呱啦说了一通什么,他听不到。他张开嘴巴大声地说"我的妻子还在里面",警察也听不见,因为他生来不会说话。他急得满脸通红,揪住警察的胳膊乞求他让他进去。他俩手不停地比画:他的妻子还在里面,一定还在睡觉,她的耳朵失聪了,听不见任何声音,他必须进去。若再不进去救她,她会被烧死的。

——他居然忘了自己也说不了话,听不见声音。

警察不懂他的手势,招手又叫来了另一个警察,两人一起拽住了挣扎的他。他们当然不能容许任何一个市民在这危急的时刻舍身犯险,这无疑是自投火海、自寻死路。

他号啕大哭起来,眼泪像泄闸的洪水。警察还是不理他,任凭他又哭又闹。

突然,他想起了什么,迅速从口袋里掏出手机,拇指飞快地按着键盘,屏幕上立即出现了几行小字,"莉,快醒醒,失火了"。不到两分钟,六楼一扇窗户的窗帘向两侧掀开,玻璃后面出现了一位身穿红色睡衣的女子。他嘴里"哇哇"地叫着,一只手猛拽警察的胳膊,一只手指着那扇窗户,狠命地跺脚。

"那里有个女人!"警察大声地喊道。

无数道目光齐刷刷地聚焦在六楼的那扇窗户以及窗户后的

红衣女子身上。消防队员立即把消防车开过来,升起云梯,组织施救……红色的火焰像魔鬼张开的血盆大口,顷刻间吞噬了整栋大楼……

她是这场火灾里最后一个幸存者。

热 血

后半夜,梅正兴被隔壁小莉家的敲门声惊醒。莫非她老公小刚回来了?

梅正兴刚蒙眬睡去,凉台上传来窸窸窣窣的响动,一个黑影映在窗帘上。梅正兴一惊:莫非那俩歹徒已得知自己的下落,前来寻仇?

半年前的一天,梅正兴下班晚了。他拐进一片黑乎乎的树林时,见两个歹徒正持刀抢劫一对男女。梅正兴冲上去和歹徒搏斗。在他负伤昏迷倒下的一刹那,他看见那女人散乱的长发遮住了半边脸,似乎有点面熟,男士穿工商制服,金丝眼镜,右眼角下有颗大黑痣。那对男女乘机逃脱。歹徒怕出人命,急忙逃走。

梅正兴光棍一个,幸亏街坊小莉赶过来帮忙,端水把尿尽心服侍。小莉是同村哥们小刚的媳妇,人称"小巩俐"。丈夫小刚去了外地建厂,小莉先是在集贸市场饭馆端盘子,后来竟当上了摊位收费员,还把弟弟安排进了税务局。

梅正兴与死神搏斗得胜,民政局要给他颁发"见义勇为"称号。报纸、电视台大张旗鼓寻找当事人,歹徒未抓住,受害男女仿

佛人间蒸发。

梅正兴伤好却落了残,负债累累。梅正兴打算开间小商铺糊口,但他多次跑工商所办手续未果。租下的店面光付房租却不能营业! 梅正兴心急火燎:耗吃等死,先开张再说!

这天,一群穿工商制服的人,把店面加了封条。梅正兴梗着脖子不服,拦住税务员胖姑娘理论,不得已透露自己救人致残,生活陷入困境的事。胖姑娘的态度有了缓和,回去向领导做了汇报,很快送来营业执照。

那天,梅正兴拿着大红感谢信来到工商所。遇到一个穿工商制服的中年人走出所长办公室,钻进轿车。此人大檐帽,金丝镜,眼角的大黑痣。正是自己那天舍命救出的男子!

看你还躲! 梅正兴打定主意:明天就把报社、电视台记者约来,当面给这个无情无义的"受害者"曝曝光,说不定他还能提供那俩歹徒的线索!

自己的事刚有了眉目,没想到今晚先来了歹徒!

黑暗中,那歹徒从凉台进了屋。梅正兴打开灯,那贼亮了相:四十多岁,瘦长个,穿一身工商部门的蓝制服,眼镜片一闪一闪。竟是那尹所长! 他慌张解释自己是小莉的同事。梅正兴气得一巴掌把尹所长打翻在地。

尹所长乖乖如实交代,一次他在市场吃饭,被服务员小莉的美貌吸引,便给她安排了好工作。小莉曾在卦摊算过一卦,卦里说她命里有"贵人相助",果真应了! 尹所长"关心下属",得知小莉的弟弟大学毕业已一年多,应聘多次失败,千辛万苦供出来,只能在村里闲着,便在一天把一封税务局录取通知书交给小莉,上面写着她弟弟的名字。

小莉感激不尽,次日便在饭馆订了雅间答谢所长。席间所长热情地劝酒,小莉不好拒绝,很快喝得脸红头晕身子软。两人摇摇晃晃走出饭馆,路过那片僻静的树林,尹所长说头晕,把晕晕乎乎的小莉拽坐在地。他搂紧小莉狠狠亲吻,撕剥她的衣裳。小莉心慌地挣扎一阵,眼角流下了屈辱的泪水。

谁知造化弄人!半路突然杀出了"程咬金"——那两名歹徒冲出来,坏了他老尹的好事。到嘴的鸭子飞了!

事后,尹所长欲念又抬头。他上班勾搭小莉,小莉不理。今天开完会,与同事喝得半醉的他,路过小莉家,敲门不见动静便猜想小莉已睡熟,于是他索性从外面翻过凉台,想摸进小莉卧室。没想到,黑灯瞎火的,几家凉台紧挨,窗户又一模一样,尹所长慌乱中爬错了窗,竟爬到梅正兴家。

尹所长喃喃道:这要嚷嚷出去,小莉就惨了。名声坏了不说,丈夫再跟她离婚。这个家就毁了。

"吃后悔药了?!"梅正兴思索片刻,摸出笔和纸:"立字据。签字画押。"

尹所长颤抖的手立下保证:以后不再纠缠小莉。他哆哆嗦嗦地签上名字,犹犹豫豫地递过字条。

梅正兴又好气又好笑:"亏你今天蹦出来了,明天我本想要你的好看!"他撩开自己的上衣,一条伤疤蛇一般地从腰后绕到腹部。

尹所长震惊得愣在原地,一屁股坐在地下:"是你?恩人,我——"

原来当初见梅正兴受伤倒下后,逃跑途中,尹所长催小莉打公用电话,谎称过路人报警救人。后来报社、电视台寻找当事人和目击者时,小莉本想站出来,向梅正兴说实话。尹所长赶紧阻拦:人家追问那男的是谁,能说得清?你丈夫能饶你?吓得小莉不敢出头。深深愧疚下,她守在梅正兴病床前精心伺候,他只在背地里匿名捐了款。

"咚咚咚",有人敲梅正兴的房门,尹所长的脸变得惨白。梅正兴抓起床上的大床单,噌噌撕成几条绑在一起,一头系在阳台上,一头拴住所长的腰,往楼下四处张望了一阵才吩咐他:"当心点,摔成肉饼子那是你的报应。"黑影无声落地,梅正兴才去开门。

门外竟是小莉。小莉穿戴整齐,手里攥着根擀面杖,愤怒而尴尬地问:"听你这有动静,闹贼了吧?"她毕竟是个诚实的人,不待梅正兴问,她吞吞吐吐,似乎难以启齿:"我,我,他……"

事已明了,梅正兴不忍再让女人提这种难堪事,拉开门吼她:"走!深更半夜孤男寡女的,有啥摆活的!"小莉吓得赶紧跑开了。

第二天,梅正兴没去惊动报社和电视台,也没再找尹所长。"见义勇为"的称号和奖金伴着这秘密与他擦肩而过,彻底消失。

半个月后的一天,梅正兴像往常一样打开小铺的卷帘门营业,只见小莉夫妇挽着手迎面走来。小莉向他打招呼:"大哥,明天我们要走了。"

小刚不好意思地抓着头皮说:"小莉不知犯了啥毛病,放着这里的好工作不干,好房子不住,非要跟我去住窝棚。"

望着这对小两口远去的背影,梅正兴从怀里掏出那张保存已久的字条,噌噌撕成纸屑,扔进了垃圾桶。

相　知

　　毓秀出生在一个偏僻的小山村,因家庭经济窘迫,她初中毕业后便辍学了。村里的女孩子一窝蜂地跳出山寨,直往南方奔。毓秀也心动了,她用自行车驮一篓子兔子去集市上卖,凑够了路费,就随姐妹们一道前往深圳。

　　经同乡引荐,毓秀到深圳的第二天就在一家豪华酒店找到了一份工作。起初,毓秀被安排在操作间打杂、择菜、洗刷、腌制什么的。毓秀在家里就曾做过这些,干起活来得心应手,也很卖力,颇得老板赏识。毓秀像家乡的山水一样,清丽秀美,化了妆后更是妩媚动人。没多久,老板安排毓秀进了包厢。毓秀原本心里乐意去包厢做小姐,她常看到包厢里的姐妹们花钱大方,进出都是打的,十分艳羡。但进了包厢的毓秀才知道,那些被报上称之为性骚扰的举止,在这里全都合情合理,甚至成为一种流行。在其他小姐的撺掇与点拨下,毓秀很快适应了包厢里的工作。不过,毓秀没像其他小姐那样,穿露出胸脯与大腿的服装。毓秀很保守,做包厢小姐,循规蹈矩。

　　一天,她走进一间包厢,房间里就一个客人。她陪着那客人喝茶聊天嗑瓜子,有说有笑。过了一会,客人开始用言语挑逗她。她牢记行规:无论怎样不能板着脸,不能得罪客人,只能笑着不理会。没想到客人得寸进尺,动手动脚抚摸她。她正色说,老板,请放尊贵点。客人这时终于拉下脸,小样儿,装啥正经?陪咱乐乐。

说着,他便扑到她身上狂摸乱吻。她吓坏了,拼命挣脱,并大声呼救。这时,恰巧一位客人从门口经过,把毓秀解救了出来。毓秀打听到,救她的客人姓郝。从此,她对干这行产生了厌恶,不想干了。

这天,毓秀所在的包厢来了几位客人。其中就有那个姓郝的人。服务过程中,大伙儿管他叫郝老板。郝老板是个建筑商人,人们让毓秀为他敬酒,可是毓秀只给郝老板敬了两小盅酒便满脸飞红,说话也变得语无伦次。郝老板没让毓秀多喝,他看出毓秀是一个新手。郝老板闯荡广州这些年,见过的小姐数不胜数,还不曾见过像毓秀这样娇羞矜持的。既然这样,她为何要进酒店当小姐呢?郝老板趁着酒兴,打着酒嗝问起毓秀。毓秀站在郝老板面前,将自己因家贫而辍学来广州打工挣钱的事儿如竹筒倒豆粒般和盘托出。不知怎的,郝老板听后竟双眼蓄满泪。

郝老板把毓秀拉到一旁,问,你想继续念书吗?毓秀低垂着头,怯怯地说,想,俺成天都想念书呢。俺还带来了一些课本……这时,有人建议让毓秀将带来的课本拿来给郝老板看看。毓秀取来了厚厚的一摞高中课本,还有一张县一中的录取通知书。高中课本是毓秀找村里的高中毕业生借的,她想自学完高中课程。郝老板感动了,当着众客人的面说,你回老家上学吧,高中三年的全部学费,我姓郝的全包下了……就这样,毓秀辞掉酒店的工作,返乡上学了。

毓秀高中毕业后,如愿考上了一所名牌高等学府。直到毓秀大学毕业,郝老板已为毓秀无偿资助了六万元。因专业好,成绩优秀,毓秀被分配进一家事业单位工作。没多久,毓秀就和一位同学结婚了。这期间,毓秀一直同郝老板保持着书信联系,心存感激。郝老板得知毓秀安家后就没再给她回信了。郝老板暗忖,他不能打扰毓秀平静的生活,只是每转移一个工地就与毓秀通一次电话。

毓秀和丈夫十分恩爱,生了一个白白胖胖的儿子。遗憾的是,毓秀幸福的家庭并未持续多久,她的丈夫在国内的一次空难中丧生。毓秀悲痛欲绝。几年过去,她不知拒绝过多少男人的爱情,固执地拖着儿子过日子。

郝老板做建筑商十几年,的确赚了不少钱。后来,一起楼房坍塌事故,不仅让郝老板将全部家当都赔了进去,还蹲了三年大牢,比他年轻十岁的老婆也离他而去,跟了一个大款……这些,毓秀是从报上看到的。

看到有关郝老板报道的毓秀心里不安起来。关在家里苦思冥想了几天,她决定通过媒体,找到郝老板服刑的监狱。郝老板出狱那天,在监狱门口见到了毓秀和她的儿子。郝老板衰老、瘦弱,以前的满头乌发已两鬓斑白。他好不容易认出她,惊奇地问,你来干啥?毓秀紧紧拉住他的手说,恩人,我来接你回家。从此,两人开始了共同的新生活。

美　鱼

姨父姓王,金鱼世家,人称金鱼王。

姨父家后院别有洞天。两厢是爬满藤萝的棚架,阳光透过浓密的枝叶,化成银色碎花儿投洒在养鱼池碧绿的水面上。五彩斑斓的金鱼或水下潜泳,或水面嬉戏,泛起层层涟漪,波光粼粼。这只是金鱼的"三等舱"。

池边,立着十个直径一米的瓦制鱼缸。缸里长满了厚厚的青苔,绿丝绒般轻轻飘动。晴遮防晒网,阴支防雨篷。这是鱼儿的"二等舱"。墨褐龙睛、红白狮子头、绒球、水泡、五花兰、珍珠、望天等鱼在此入住。

后院正房,有金鱼的"总统套间"——全封闭式进口水族箱,水底铺满了玉石般的小石子。簇簇珍贵的水草,伴着循环水潺潺流淌,像绿衣少女翩翩起舞。恒温设备让水温定格在鱼儿喜爱的23摄氏度。这"总统套间"经常空着,不知何方美鱼有幸入住。

从幼年起,我这不速之客,常常端着玻璃罐找姨父要鱼。姨父二话不说,拿起勺子在水泥池里一舀,轻巧地往玻璃罐里一扣——几条可爱的小金鱼就在罐里轻轻地游荡起来。有一次我问:"姨父,什么金鱼最好看?"姨父不假思索地回答:"十二红。"我又问:"什么金鱼最珍贵?"姨夫仍肯定地回答:"十二红。"

我雄心勃勃,鼓起勇气央求:"姨父,我也要养两条十二红!"

姨父诧异地盯了我好一会儿,终于忍不住哈哈大笑,直到笑出了眼泪:"你小子想要十二红?我侍弄了大半辈子金鱼,还没养过半条十二红呢!"看着我尴尬的窘态,姨夫侃起十二红。它极珍贵,通体银白,身上"绣"有十二朵红花:四条尾鳍上各一朵,四个下鳍上各一朵,背鳍上一朵,头顶上一朵,加上长着红眼帘的两只红眼睛,故称十二红。姨父曾在北京中山公园养鱼场见过。资料记载,这种鱼基因极不稳定,它繁殖的后代或红或白或花,形成不了十二红的遗传。可谓绝代佳鱼……

一晃十年。大二刚开学,我意外接到姨父的电话,他兴奋得声音有些嘶哑:"小子,告诉你,我现在有十二红了,你要不要回来看看?"

原来那年春天,水泥池孵化出万把条黑乎乎的鱼崽。有条小鱼长得新奇:大头细腰,尾巴像展翅的蝴蝶。姨父把它和那些好苗子捞到"二等舱"——大瓦缸里精心培养。三个月后,别的鱼苗都变了色,红的白的紫的,琳琅满目。唯独那条鱼没动静,身子灰不灰绿不绿的,像条大草鱼。等好不容易变了,灰绿色褪去,却一袭无色透明的细鳞,鳞下的粉肉清晰可见,游起来,宛若条大肉虫。它夹在那些美丽的金鱼中间,活像一只鹦鹉群里的大乌鸦!姨父的鱼友看了大跌眼镜:这是个啥东西?也混进了"二等舱"?你金鱼王也有看走眼的时候?趁早把它扔得远远的……姨父的脸红一阵白一阵,一勺子把"大肉虫"捞起,甩进水泥池。

姨父很快把"大肉虫"忘记了。有天早晨下起了冰雹,姨父赶到水池边,拖起铁网罩打算盖上,忽然他愣住了:一条通身银白带红花的大鱼在池中缓缓游动。细一看,那尾、鳍、头上、均"绣"有鲜艳的红花。姨父像阿里巴巴发现了山洞的珍宝一般,嘴角颤抖,两手哆嗦起来:呵,大肉虫大器晚成,出息成了十二红!他忘了冰雹,纵身跳下水池。怕伤着了鱼鳞,他脱下衬衫垫在草帽里,小心翼翼地把十二红带水捞起,一溜小跑,"请"它下榻在"总统套间"。这时,他才感到头顶一阵异样的疼痛,一摸,原来砸出了两个鸡蛋般大小的包。

十一长假,我特地赶回古城看十二红。在豪华水族箱柔和的灯光下,它头顶绚丽的红花,眼帘像抹了胭脂,转动的大眼睛频送秋波,红唇一张一合,尾鳍飘动似花旦甩起的长长的水袖,宛如美丽的少女轻歌曼舞。它的白马王子——一条银白的龙睛正围着她打转转。姨父兴奋中大概忘了她是位绝代佳人。

假期里,我用摄像机拍下了它的倩影,送电视台《古城珍闻》栏目播放了两分钟。姨父家一下门庭若市,鱼友们赞叹之余,听

说是"大肉虫"变的,个个目瞪口呆。不少人从大老远赶来一睹它的风采,一位公司老总出价15万元求购,姨父犹豫了半晌,答应他等产了鱼子,秋后再卖。子以母荣,连它未出生的小鱼,也以千元一对的价格定出去几单……

那年寒假归来,我直奔姨父家后院,跑向"总统套间"。谁知水族箱中空空如也,假山水草寂寞地呆立。我心里一紧:十二红呢?姨父果真把它卖掉了?

姨父跟进来,一脸无奈地叹口气说,十二红又放回了水泥池。凭什么把它又贬回"三等舱"?我满心疑虑地跑到池边,严寒里,一群群鱼儿聚在水面懒洋洋地晒太阳。姨父指了指远处一条大白鱼。呵,那是它?身上美丽的十二朵红花怎就不翼而飞了?一个如花的少女转眼间成了苍白的病妇。仔细看去,她又像美丽的演员洗去铅华,拭去粉黛,银装素裹,倒显得恬淡、高雅。这冰冷"三等舱"水面广阔、伙伴众多,她似乎挺惬意、舒适。姨父告诉我,自打她产子之后,不知是身体虚弱,还是由于在水泥池中长大,不太适应豪华水族箱封闭的环境,身上的红花日渐消失了。老总那15万的订单泡了汤,其子女也无一发育成十二红。得,哪儿来的您还回哪儿吧。天呐,先是化平凡为神奇,扭头又化神奇为平凡,十二红仿佛跟姨父开了个天大的玩笑!

我大三时考取了美国马里兰大学,三年后拿到了医学硕士学位。姨父来信托我,想让他15岁的孙子到美国读书。反复斟酌后,我决定回国发展。不知怎的,那时我脑海里不断浮现出十二红的身影。外国条件再优越,却未必适合每个人,就像十二红早早憋在高贵的水族箱,却渐渐失去了美丽的品质。

后来我去看望姨父时,他正乐呵呵地向水泥池里撒食。十二红欢快地跃出水面,我惊喜地看见,饱尝世态炎凉的十二红在这生她、养她的一方水土上,又精神抖擞意气风发,它那银白的身躯又重新披挂上了十二朵鲜艳的红花。

"蓝石头"

1 天外来客

晚饭后,小羽写完作业,跑出家属楼,到前院的天文台找爸爸。

小羽今年十三岁,在省城一中上初三。爸爸是天文台的工程师,常夜间值班观测太空银河系。妈妈是省医院护士长,夜里要抢救患者。夫妻俩都上夜班,把"小不点"独自丢在家里不放心,于是数年来,爸爸妈妈轮流带上"小尾巴"。

小羽跟妈妈值班挺开心。护士姐姐们教她唱歌、编织,给她讲故事。几年耳濡目染,小羽学会了拿药、打针、输液,还有模有样的。不过,她更喜欢待在爸爸这儿。这里有她最爱看的天文杂志,有高射炮一样的太空望远镜。她常常跑到十楼顶,用它来眺望深邃璀璨的星空,脑海不由陷入无际的遐思。

爸爸值班有时埋头写论文,没空陪她。这晚夜色深沉,远处霓虹灯闪烁。她坐在太空望远镜前,观察着一颗快速移动的行星。那星星越来越近,忽然,窗外闪出电弧般的光雾,一个发光的菱形不明飞行物旋转着停在楼顶。一个带头罩的小矮人钻出来,逆光跳跃向她走近……恍惚中,她已置身于飞行器内。飞行器里

还躺着一个小矮人,没有嘴唇的小口拼命地张大,像是透不过气。

小羽好紧张,心怦怦直跳。她胆怯地问:"你们是谁?外星人吗?我是做梦吗?"大一点的外星人嘴翕动着,发出她听不懂的吱吱声。奇怪,小羽的脑海里竟得到一个感应在回答:朋友,这不是梦。我来自遥远的 X 星球。

外星人通过感应告诉她,她们母子在星际旅行,谁知在地球上空遇到了麻烦。环绕地球的大气层污染得太厉害,他们无法适应得了"地球病"。儿子咳嗽发烧哮喘,"地球病"需要地球的药物。而他们又不便现身:"你能帮我们吗?"

"好的,等等,我就来!"小羽赶紧回家去拿。妈妈是医务人员,家中常备药物和针剂。不一会儿,小羽气喘吁吁地跑上楼。她熟练地给小矮人吃药,倒杯水给他:"小朋友你叫什么?"他妈妈笑了,感应传过来:"刚给他起了个地球名字——小碟。"

小羽打针时怕小碟疼,揉着小碟柔软半透明的肌肤,安慰说:"小碟勇敢,不哭,一点都不疼!"小碟妈妈笑了:别看他小,按你们地球的日历计算,我们已经在太空飞了二十年。超光速飞行把时间变慢了,刚好十天。呵?十天等于二十年,就是说他们出发时,我还没出生!小羽不好意思地吐了吐舌头。

输完液,小外星人果然退了烧。小碟妈妈高兴地说:"谢谢你。我来给你做做体检。"她让小羽坐在一张特制金属椅上,红色仪表立刻欢快地眨眼,屏幕上闪动着小羽五脏的图像。啪的一下,字幕闪出一道奇形怪状的文字。小碟妈妈看后叹口气,告诉小羽:"你其他'零件'正常,唯独你们称作'肾'的零件功能差,要多注意。"

这时,楼下传来爸爸的呼喊:"小羽,爸不睡你也不睡?明天还上课不!"

小碟妈妈掏出一个蓝色水晶球递给她:"留个纪念吧。这是高磁能量球,平时带着它可以强身健体。"小羽刚攥在手里,水晶球立即像美丽的宝石闪出耀眼美丽的光华,并浮现出两个红绿按钮。小碟妈妈告诉小羽:绿的按钮一按,就像万能手机,能和远在天边的人通话。红色的则是自救按钮。遇到危险时打开它,可转危为安。不用时,一离手它会自动关闭,恢复成蓝色雨花石的模样。

握手告别时,小羽有些恋恋不舍。望着飞碟腾空而起,转眼消失在茫茫夜空。

2 勇斗歹徒

这一晚,小羽又随爸爸来天文台值班。爸爸在楼下办公室写论文,小羽躺在休息室看《飞碟之谜》,不知不觉和衣睡着了。不知过了多久,她突然被爸爸凄厉的叫声惊醒:"来人!抓小偷!"小羽跳下床,向值班室奔去。值班室没人,从隔壁贵重仪器库里传来打斗声。她冲进门,只见爸爸浑身是血,仍死死抓住盗贼不放。那贼是个彪形大汉,身后背着偷的仪器,一手高举着带血的刀子。

"住手,你这坏蛋!不许伤害我爸爸!"小羽大喊了一声,吓得那贼一哆嗦,以为来了保卫人员。回头一看,门口只站着一个流泪的女孩子。爸爸趁机喊:"小羽快跑,找门卫叔叔!"

小羽赶紧下楼求助。那贼见状,扔下小羽爸爸追了上来,在楼梯口一把将她摞倒在地。小羽顺势把兜里的水晶球掏出来。水晶球立马放出绚丽夺目的光彩。那贼举着刀,脸上露出惊喜:"那是什么!夜明珠?快给我!"

那贼说着便伸手来抢。小羽急忙按下红色按钮:一道银白的

强光射向那贼,只见他啊了一声,仰面倒地,一动不动昏死过去。

门卫赶来,把爸爸送进了医院,他因伤势过重再也没有醒来。那贼半小时后醒来,早被戴上了手铐。

突如其来的打击,让小羽好难受。悲愤交加的她病倒了,诊断为急性尿毒症。无尽地打针、吃药、输液、透析,花光了家里的积蓄,她的肾也在坏死。

省城媒体得知消息,对她的事迹和遭遇做了报道——《英雄少女病危需换肾,稚嫩生命读秒等救星》。一时间,电台广播、电视台播录像,求助的电波穿越燕赵大地,飞向太空星际……全社会燃起了爱心,募来的捐款解了燃眉之急。

但小羽的生命,只能通过肾移植来挽救。可适合小羽的肾源,医院总找不到,急得小羽的妈妈团团转。为了节约开支,妈妈接小羽出院在家里等消息。小羽知道,床头的病危通知单是一张赴天堂的通行证,唉,说不定哪天就去看爸爸了……

这天,她床边的水晶球突然亮出了光华。她打开绿色按钮,是外星人小碟母子打来的告别电话:他们正在黄果树上空欣赏壮观的瀑布,之后就要离开地球返航回家园 X 星球。

"阿姨,祝你们一路顺风!"小羽强颜欢笑地告别。她知道,他们也许再也不能见面了。

小碟妈妈关切地问:"等等,小羽,你的声音信号十分虚弱,是不是病了?"

"阿姨,我没事,再见!"为了不让自己哭出来,她赶紧把蓝宝石放下。

几天后的一个深夜,妈妈回房休息后,小羽从枕下抽出笔和稿纸,她想在作别人世前,把一篇童话《小碟星际旅行记》写完。这时,小羽床边的蓝宝石发出光彩。她看见,窗外闪出电弧般的光雾,一个发光的不明飞行物停在屋前的草地上,几个带头罩的小矮人钻出来,逆光跳跃着向她走近……恍惚中,她又置身于飞行器内。穿太空服的陌生小矮人,默默地用精巧的仪器给她检查身体。没有声音,没有表情,仪表的霓虹不断神秘地眨眼。

这时,两个熟悉的外星人走进来。"阿姨,小碟!"像是见了亲人,小羽的泪珠直打转。小碟妈妈告诉小羽:原来上次通话她听出小羽声音里的病态后,立即将声波输入仪器分析,并随即打开太空舱卫星定位系统,搜索了省城的新闻大事。知道了小羽家的变故后,她带来了 X 星球最好的医生给她治疗。

这时,小羽接到外星大夫的感应指令:"朋友,你的泌尿零件急需更换。记住,明晚为你更换,请千万保密,以免麻烦。"她点点头,很快昏昏沉沉地睡着了。

清晨醒来,屋里一切如常,只见窗外的草地上,似有个椭圆形的旋痕。她记起那个约定。也许这约定,能给她带来一线生机?

3 莫名换肾

次日下午,班里帮扶小组的三个同学来到小羽家。小羽因病误了许多课,幸亏这些同学助人为乐,像小老师一样帮她补习。

辅导作业前,一同学拿出一张晚报说:"小羽你看,咱省城出了大新闻!"

原来报纸上报道:昨晚我市上空出现一不明飞行物。该发光物体在我市东南角省天文台上空升起,斜穿我市上空,向市西北角移动,在市监狱附近消失。另据监狱警卫提供消息,一男重刑犯自称,昨夜被一群神秘外星人绑架进飞行器,在惊恐中昏迷。醒来已躺在自己的囚室里。经调查,此人无精神病史,目前精神尚可,只感觉腹部疼痛不止……

真是飞碟吗？他们来干吗？大家叽叽喳喳了半天，不了了之。小羽边写作业，边静静地听。她的肾绞痛发作得厉害，不愿让同学看出。再说，她也莫名其妙，那些外星朋友在城市上空飞来飞去干什么？但她心里总算清楚了：昨晚的事绝不是做梦。

夜，这么姗姗来迟！急死人了！房间里，小羽痛苦的呻吟中充满了期待。肾绞痛，疼出她一头冷汗。偶尔睁开眼，爸爸的遗像又在墙上冲她微笑——更让她撕心裂肺。妈妈守在床边急得团团转，又按摩又擦汗："孩子，不行咱去医院吧？"一向温顺的女儿拨浪鼓似的摇摇头，明显透出一股不耐烦："妈，您回屋吧，我想自己睡一会儿！"妈妈默默地走出门，临关门那充满焦虑不安的一瞥，让小羽心里一颤。

唉，妈妈，对不起，您得离开——

支开母亲，小羽在自己房中如约等候。疼得厉害时，她就用发光的蓝宝石贴住下腹，果然疼痛减轻了些。时针走得像蜗牛！她心急如焚。那些外星人怎么还不来？莫不是找不到合适的肾源？还是他们给我做了个"零件"？她心里涌出沮丧和疑惑。是我真的见过外星人，还是病危中产生的一种幻觉？

仿佛是回应一般，蓝色水晶球发出耀眼的光亮，几乎同时，"幻觉"闪现在她眼前。她惊喜地看见，窗外又出现电弧般的光雾、发光的椭圆体、沉默的小矮人。不知不觉中，她又置身在飞行器中，被固定在小床上，仪表的霓虹灯数据神秘地眨着眼。一个外星人端着金属盘走过来。小羽突然睁大了眼睛：原来盘子里，一个血淋淋的肾脏腾腾地冒着热气。

呀，她叫出了声："你们这是从哪弄的？是不是偷偷伤害了别人？"得到的感应是："朋友，请安静。手术即将开始。""不行！你们要讲清楚，是不是伤害了无辜？要不，我宁可死！"她激动得拼命扭动身子,喊起来。几个外星人互相看了看,沉默了一阵,小碟妈妈感应回答才出现在她的脑海:"请相信没有伤害无辜,只是血债血偿。"她没听明白,还要追问,这时肾绞痛突然发作,她的身子蜷成一团,忽然失去了知觉……

一个月后,小羽茁壮得像棵小松树,没有出现一点排异反应。妈妈乐得合不上嘴。小羽很快回到了学校。独处的时候,她那红润的小脸就紧绷起来,看不出一丝死里逃生的喜悦。对那些助人为乐的外星人,她心存感激,但她担心身上的肾来路不正。她几次打开水晶球绿色按钮,竟无人接听。是不是小碟妈妈不想让她知道那肾脏的秘密?

直到有一天,电视里播出一则新闻:《英雄少女奇迹生还,杀父凶手昨日伏法》。报道说,杀害小羽父亲的凶手生前曾要求,死后把器官捐献给社会。后来医生解剖遗体时发现,死者只有一个肾脏,另一个早已被切除。但据其母称,其子生前从未做过任何手术!此事让人匪夷所思。

小羽看后恍然大悟。她深深地舒了一口气,伏在床上,一只手紧紧握着发光的蓝色水晶球,在一片灵感的弧光中,匆匆写完了童话《小碟星际旅行记》。

天外归客

2098年深秋的一个夜晚。何宇老太刚刚在丈夫的遗像前摆放好鲜花,电视里的一则新闻就打破了她的万千思绪。屏幕上,

一艘破损的太空船在深蓝的大海中起伏。主持人的话外音介绍：昨日中午，在渤海湾发现了一艘不明国籍的太空船。船上一名昏迷的宇航员获救。目击者称，当时，一团银色光球划向水面。有关部门正在做进一步调查……

身为航天院士的何宇老太长舒了一口气，暗自为那宇航员庆幸：好，能从变幻莫测的太空回到地球就好！她不禁抬起头，凝视墙上丈夫的遗像良久，又踱到窗前，眺望起深邃的星空……

她的丈夫也是宇航员，连同他俩尚未成形的小生命，25年前的今天，永远留在了太空。出事那天，航天局把她接到了控制中心。从大屏幕上，看到了太空驾驶舱里的丈夫。他镇定、坚毅地挥着手，脖子上的小金猪闪闪发光。大概距离太遥远，那亲切的声音显得有些陌生："何宇，我的飞船被外星人袭击了。大部分仪器已失灵。我回不了地球了！何宇，多保重，永别了！"何宇泪流满面，冲着屏幕大喊："喂，你听着，别放弃！我们的宝宝很正常，我……"千言万语涌到嘴边，却哽咽起来。这时，屏幕信号随着噼里啪啦的噪声变成飞舞的雪花，随即戛然消失了。何宇眼前一黑，扑通一声昏倒在地上。等她从医院病房中苏醒过来，已是次日下午。恍惚中，她记起了丈夫的诀别，心中万分凄凉。临上飞船前，她特意摘下腕上的金镯，雇匠人打成只小金猪，挂在了丈夫的脖子上——作为吉祥物，也作为他36岁的生日礼物。为了航天事业，他们一直未要孩子。丈夫要飞天了，两人特地去航天医院借助试管怀孕。万一丈夫遭遇不测，也算留下了一条根。当时，航天医院培养了两个受精卵。一个成功地植入她的子宫，另一个则放进了特制的育儿箱，作为太空人类胚胎发育的科研实验，和他爸爸一起飞向了太空……呵，孩子！何宇想起孩子，心里一抖，双手下意识地摸了摸已扁平的腹部。看着医生那黯然的神

情,她明白了一切:流产了!和丈夫诀别的过度刺激让她流产了。她和丈夫生命的延续永远扯断了⋯⋯

电话的丁零声,打断了何老太的沉思。她拿起听筒。"何院士吗?刚才的电视新闻看到了吗?"电话是航天中心的洪局长打来的,她也了解到了那艘飞船的最新情况:

国籍——不明。除了些莫名其妙的符号,未见任何文字。

飞船材质——材料研究所王所长刚送来检测鉴定:飞船的轻金属主体,绝非地球物质。

宇航员——目前正在减压舱抢救观察。

是否是外星人——目前还不清楚。为了宇航员安全起见,进舱前没有脱去他的太空服和头罩⋯⋯

何老太还要问什么,只听电话那头局长向什么人小声咕哝了两句,随后说:"何院士,材料所王所长还没走,想跟您谈点事。"接下来,是王所长洪亮的男中音:"何院士,我们检查飞船时,从夹缝中找到一盘录音带。听了听,挺怪的,好像和您有关⋯⋯什么,您现在就想听?——好吧,我现在就给您放录音。""何宇,"何老太吓了一跳,她明明听见了丈夫久违的声音。那语调缓慢、低沉,显得有气无力:"自上次诀别,我已经绕地球5千多圈了⋯⋯眼下,氧气、水、食物已用光⋯⋯现在,我的飞船外面,有几个不明国籍的人正试图搭救,但,来、来不及了⋯⋯我只能支撑一分钟了⋯⋯啊,是外星人!外星人通过感应告诉我:飞船被袭击,其实是太空垃圾惹的祸⋯⋯他们展示了飞船与垃圾相撞的照片⋯⋯我,错怪了他们!⋯⋯这些天,我经历了最可怕的孤寂。是育儿箱里的小生命鼓舞我,面对最后的时刻。哎,我俩的小生命,还未出生,也要⋯⋯"

录音戛然而止。何院士凝固了思维,话筒在她枯瘦的手中颤

抖起来。

　　这时,电话里传来了洪局长气喘吁吁的声音:"何院士,我刚去接通了观察室的影像。瞧,那宇航员醒过来了!睁开了眼睛。正揭开飞行服检查——呃,像个亚洲小伙子,蛮漂亮!——奇怪呀,脖子上那是什么?——呃,一只小金猪!喂,刚才那录音带是怎么回事?是你丈夫留下的?那又怎么跑到这艘飞船上来了?喂……"

　　何老太心中一阵怦怦乱跳。亲人回来了,是丈夫还是儿子?莫非外星人没来得及救丈夫,却把育儿箱里的儿子抚养成人。如今又把他送回了地球?她扔下话筒,忘了换睡衣和拖鞋,在灯火璀璨的夜色中,踉踉跄跄地向航天中心奔去。

让　座

　　公交车在嘈杂的马路上行驶,车厢里播放着流行歌曲《猜猜我是谁》。

　　雷大妈终于有了座。雷大妈六十多岁,以前是雷锋小学的校长,退休后,在街办帮忙。整天东奔西跑,义务为大家办事,她身子骨儿反倒硬朗了不少。这不,车刚开出两站地,她老人家硬是发扬风格,把座位让出去了。凭她这岁数,能让给谁?

　　原来,她看见一个七十多岁的老大姐在孙子的搀扶下艰难地上了车。小孙子看上去十一二岁,戴着红领巾,脸红红胖胖,身子又粗又壮,明显有些营养过剩。雷大妈赶紧站起来,给老大姐让座。老大姐也不客气,一把拉过孙子,把孙子按在座位上。孙子也不谦让,理所应当地跷着二郎腿坐着。老太太笑眯眯地站在孙子旁边。车一开,再一拐弯儿,晃得她老人家东倒西歪,险些跌倒,多亏一旁的雷大妈眼疾手快,赶紧扶住了她。

雷大妈搀着老太太,心里很不舒服:这不反了个儿了嘛!这么大的孩子,本该学雷锋做好事,给别人让座。这可好,俩老太太倒给他让了座。早知道这样,还不如自己坐着多好啊。雷大妈有些后悔了,不时地瞥那孩子几眼。那少年却对雷大妈的注视无动于衷,笑嘻嘻看着窗外的风景。

后来有人下车,雷大妈又有了座。她捶捶腿、揉揉脚,还是坐着舒坦,岁月不饶人呐。

车又开了一站,一个抱小孩的年轻妈妈上了车。雷大妈赶紧站起来,给年轻母子让了座。年轻妈妈冲她感激地笑了笑,礼貌地说了声:"谢谢大妈。"

"不用,带孩子出门不容易。"雷大妈忘记了第一次让座的不愉快。

公交车继续向前行驶,雷大妈仍旧站着。到底是一把年纪了,站得腰痛腿酸,腿肚子直打哆嗦。一个急刹车,险些让她摔倒。她双手紧紧地抓住扶手,一边咬牙挺着,一边打量那对年轻母子。那妈妈好年轻啊,二十岁左右,白皙的脸上光亮亮的,烫着重金属颜色的短发,一对水晶钻石耳坠随着车厢晃动,闪出耀眼的光芒。她怀里的孩子个头不大,用红毛毯裹得严严实实的。雷大妈猜测:这孩子准是刚出生没几天,出院怕受风寒。这年轻妈妈也真是的,不知爱惜自己的身子,刚生完孩子,挤什么公交车呀,打个出租车回家不就得了。

雷大妈又看那年轻妈妈怀里的孩子,大概是红毯子包裹得太

严实,透不过气,在里面不安地扭动。年轻妈妈仿佛并不在意,依旧紧紧地抱着。雷大妈猜,这闺女初为人母,还不会带孩子,总这么捂着,孩子哪儿受得了?她善意地提醒年轻妈妈:"这孩子准是憋得慌了,给孩子透透气儿吧。"

"没事。"不知怎的,年轻妈妈的脸上露出一丝尴尬,透出两朵红云。

"咋没事?别憋出毛病来。"雷大妈耐心地劝道。

隔了一会儿,怀里的孩子可能实在憋得难受,在妈妈怀里使劲折腾起来,隐隐约约听到"喵喵"叫了两声。这一叫,把雷大妈叫愣了。天哪,这小孩咋这嗓门儿?该不是天生畸形?

这时,年轻妈妈轻轻打开红毯子,冲里面柔声地说:"宝贝,你就不能忍会儿啊,这公交车不许带你上来。行了,反正咱也到站了!"

雷大妈一脸尴尬,她惊讶地发现,一只小花猫从红毯子里探出毛茸茸的头,瞪着大眼睛,正好奇地打量着四周。

公交车依然在嘈杂的马路上行驶,车厢里,又响起那首流行歌曲《猜猜我是谁》……

军　令

军团长率余部在深山密林中钻来绕去,寻找突围机会。荆棘和峭岩像锋利的剪子,把军装裁成了破布条,寒风一吹露着肉;草鞋早磨没了底儿,双脚磕碰得青一块紫一块。战士们踩着军团长的步点,没一个掉队。

军团长是著名的骁将。他15岁参加红军,战火中一仗仗拼过来,21岁就当上了军团长。他打仗不拘一格,屡屡出奇制胜。第五次反"围剿"失利后,为掩护主力红军转移,他临危受命,率红N军团牵着国民党20万军队的"牛鼻子",且打且走,被包围在这赣西山中。

他们在山谷里打伏击,不久又干净利落地解决了一股敌人。军团长欢快地发布命令:"来呀伙计们,别光自己挨冻,叫送死鬼们也凉快凉快。把他们那身'皮'全给我扒下来!"

战士们愣住了。这命令有点怪!军团长历来优待俘虏。打完仗,活的送路费,死的掩埋好。担任军团长后,他急需块怀表指挥战斗。正巧一次打扫战场,战士捡到一块金表给他送去。他二话没说就张贴告示,找到丢表的俘虏将表送回。大家猜想,莫不是首长心疼咱挨冻,要给兄弟们添点御寒衣服?战士们七手八脚把敌人的尸体扒光,掩埋,将衣服和鞋子堆在一起。然后,大家伸长脖子等着弄套国民党军服暖和暖和。没想到,军团长让后勤部长把衣物清点过数,全部坚壁起来。

闹了半天不给咱穿!战士们的脸晴转多云。都快冻死了,藏着能下小的?可看看军团长站在刺骨的寒风里,依旧穿着千疮百孔的单衣,咳嗽着研究作战地图。谁还好意思吭声?

不久,在一个大雪天,他们不幸和另一股敌人正面遭遇。事后,军团长他们把几十名烈士的遗体整齐地排放在一起。这些烈士生前大多冻得感冒发高烧,在转移中行动迟缓,牺牲在敌人的机枪下。脱帽默哀后,军团长突然发出命令:"注意!光膀子破裤子的,出列!向前三步走!"

哗,几十个衣衫褴褛的战士迈出队列。军团长发令:"向光

荣阵亡的战友敬礼!"唰,全体战士一起抬臂,热泪融化了脸上的雪花。

军团长低沉地发布命令:"……如今我们被上百倍的敌人团团围住。挨饿不说,天寒地冻,总不能光屁股打仗!不能活活冻死。我命令,我部将士,不论职务高低,阵亡后一律把军服献出。让活着的弟兄穿起御寒。命令立即执行!大家明白没有?"

"是!"战士们习惯性地回答。但回过神来,这命令让战士们目瞪口呆。军团长疯了?这些兄弟,昨天还生龙活虎地一块拼杀,如今牺牲了,怎么能让他们献出衣服,光着身子躺在冰天雪地里!大家宁可冻死,也不能扒牺牲战友的衣服!不能!战士们沉默地站在原地。没有一个人走上前。

军团长向来说一不二,军令如山。可这次,对大家的沉默抗争没有发怒。他叹了口气,声音哆嗦地说:"好吧,我来示范。"他走到阵亡战士跟前,庄重地行了个军礼说:"好兄弟,委屈你了!日后革命胜利了,定来重新厚葬你。"

将士们不忍看下去,纷纷哭喊道:"军团长,求你了!这衣服我们不能穿!不冷!"后勤部长忍不住一旁建议说:"要不把坚壁的国民党军服拿出来穿吧。"

军团长没理会,把烈士们的衣服一件件披在战士身上。他重重地拍拍每个人的肩膀,像压上去一份责任和嘱托。大家红着眼睛一言不发,默默将裸体烈士深深埋葬。大概军团长要记住这地方,在旁边一棵大树的树干上,用匕首深深刻下了"红 N"两个大字。

十几天过去,经历了数次的小规模战斗。不知怎的,战士穿了烈士的军衣,像披了火龙衣一般,全身上下暖烘烘,打起仗来有如神助。红 N 军团勇猛敏捷,来去如影如风,敌人挨了打,又摸不到目标。倒是军团长终于摸清了敌人的人数,弄清了敌人的口令。

这天晚上,军团长紧急集合,下令穿戴从敌人尸体上扒下的军装。军团长挨个检查战士的钢盔、风纪扣和鞋带。战士们互相打量笑了起来。衣不蔽体的红军战士转眼间变成支装备精良的国民党军队!原来军团长看准时机,打算披上这身"皮"混出敌人封锁线。早穿上,势必引起敌人的警觉,几场战斗下来打烂了,这"妆"怎能化得像?

"化妆"的小部队顺利来到最后一道封锁线,敌人才看出破绽。没有退路,军团长甩驳壳枪扫倒了三名检查哨,带头向前冲。敌人的机枪疯狂扫射,战士们护卫着军团长不离左右。军团长被打倒在地,战友们搀起他前进。军团长又倒下,战士背起他冲锋。

他们如猛虎下山一般,一鼓作气把敌人甩在了身后。大家并没有死里逃生的喜悦。军团长的重伤让他们心情沉重。军团长躺在雪地上慢慢睁开眼,断断续续地说:"你们,去梅岭,找陈毅会合。我见了马克思,会,跟他讨件衣服穿!现在,请执行军令吧。"将士们回答:"是!执行军令,找陈毅军长会合!"军团长摇摇头,声音微弱地说:"我这衣服……执行红 N 军团的命令。帮我,脱……"

原来军团长要同牺牲的战友一样,死后献出衣物!军团长立下无数战功,威震敌胆,怎能让首长……战士们沉默着、僵立着。弥留之际,军团长怒目圆睁,拼出全身力气迸出一个字:"脱!"立时气绝身亡。那双明亮的眼睛依旧凝视着大家,像命令又像请求。无数双行军礼的手,在呜咽声中,攥紧了拳头。

几天后,蒋介石电令把军团长的头颅送到南京,敌司令不敢怠慢。历尽周折,他终于找到并挖出了军团长的尸体。敌司令震惊了。啊！他不敢相信自己的眼睛,怎么红军的一代名将,死了竟如此赤条条干干净净地上路！

送　酒

太阳下山了,妻子靠着房门,眼望着天空,天空乌云滚滚,变幻莫测。

出去借钱的丈夫终于低着头露面了。

"死鬼,咋才回来？借到钱没？"

丈夫苦笑了一下。

妻子摆满了剩饭菜告诉他:"上午,吴部长来过了。"

丈夫一惊,瞪大眼睛充满希望。

妻子告诉他,还有个信贷员小李也跟来了。

丈夫兴高采烈,抓住妻子的手。哈,他们真来了！前几天,他带着两瓶酒,去找吴部长,想试种5亩草莓,请他帮忙贷点款。这几天一直没消息。他坐不住了,今天出去借点钱,打算再给吴部长送点啥。没想到吴部长真来了。

"你得好好招待他们！吃饭没？"

"还喝了酒呢,就是你送的那酒,他们又带了回来。"

丈夫的身子微微一抖:"他们喝了没？"

"喝了,还喝得挺开心呢,那小李行酒令举杯还眨眨眼:'君子之交淡如水',吴部长笑着回应:千杯不醉白开水。真有意思。"

"啊!"丈夫触电般地弹起了身子,脸红一阵白一阵,一屁股坐在地上。

"咋了,你?"妻子惊诧地扶住了丈夫。

"糟了,坏了。那酒是假的!"

"假的?"

"是呀,酒瓶里装的是白开水。"原来,他是想送两瓶真五粮液,可手里的钱都付了草莓秧的定金。看看家里的五粮液空瓶,他琢磨,部长家送酒的人多,咱送瓶假的,人家往酒瓶堆里一放,不知猴年马月才喝,到时候喝到也不会怀疑到我的头上。再说,我要是送瓶真的,人家又不给贷款,那咱不就亏了?

"哎呀,怪不得人家说'君子之交淡如水',敢情你真的装了白开水呀!你是安哪门子心思坑人呀!"妻子气恼地甩开了丈夫。

这下算完了。咱骗了人家,等着人家给小鞋穿吧。贷款的事肯定泡汤了。

夫妻俩正无比纠结,屋门嘭的一声开了,吹进一股清风,女儿楞娃喊:爹,快,信用社喊你去办贷款手续。

大　事

天有不测风云,人有旦夕祸福。省领导在市长一行的陪同下进行考察,突然刮起了大风,树上一根枯树枝落下来,不偏不倚,正好砸在省领导的头上。

哎哟,这还了得!市长一愣,立即冲到省领导跟前,焦急而关切地问:"没事吧?"省领导摸了摸头说:"没事,没事,你看,一点也不疼。"

市长连忙说:"这可大意不得。首长身体要紧,必须到医院做个全面检查。"省领导拗不过市长,只好同意了。市长立刻安排了全市最好的医院,又诚恳地连连检讨说:"都是我和市政府的工作没做好,没做细,居然出了这么大的安全事故,我向您做深刻的检讨,请您批评。"省领导连说:"检讨什么,只不过掉下根枯树枝而已,没什么事的。"

把省领导送到医院后,市长亲自陪同做了核磁检查。他盯着医生注射完预防破伤风的针剂,才匆匆离开医院。

一回到市政府,市长就立刻召开了紧急会议。会上,市长痛心疾首地陈述了省领导被枯树枝砸到脑袋的经过,脸一沉说:"同志们啦,痛心呐,出了这么大的安全事故,说明我们的工作还存在着很大的问题。我们每个部门都要从自己身上检讨出现这起重大安全事故的原因并研究下一步的工作措施。现在,大家阐明一下各自的责任。"

市长话音刚落,市政府秘书长、园林处部长和安全生产管理监督局局长就做了深刻检讨。

市长认真听完了大家的检讨,说:"现在问题已经找准了,关键是做好下一步工作,不能再出现任何问题了。政府办公室要组织人员对明天的考察路线再进行一次实地考察,把各个环节考虑得再细一点,再实一点;园林处要组织人员,连夜把沿途所有的枯树枝全部清理掉;安全生产管理部门要立即进行一次安全检查,把所有隐患全部消灭掉;公安局重新安排精干保卫人员,一旦出现突发事件要能立刻化解……"最后,市长又让市政府秘书长安排人抓紧起草会议纪要,他要把会议纪要连同各部门的检查,明天早晨亲自送到省领导手中。

安排好这一切,市长长舒了一口气。正准备宣布散会,他的手机响了。市长拿起电话说:"喂,是我,什么?煤矿又塌方了?你说清楚,死了几个人?噢,才死两个人,我知道了。"市长说完挂了电话,对市政府一个副秘书长说:"宏发煤矿又出了点小问题。你去处理一下。"

追　车

暮色朦胧。醉眼蒙眬的刘刚晃出酒馆,到马路对面的公厕去小便。

突然,一道白色的影子从刘刚面前一闪而过,刘刚只觉得腿部一麻,摇晃的身体像个皮球,从白色的影子上反弹回来,重重地摔在路边。

刘刚的酒顿时醒了大半。

刘刚浑身疼痛,像散了架一般。他努力地站起来,看到前面的路口还是红灯,几辆车就停在前面。刘刚想,撞他的车一定没有走远。

刘刚一瘸一拐地走到一辆白色的面包车前,使劲拍打着车窗。

"干吗?"司机摇下玻璃,盯着刘刚问。

刘刚说:"我刚才被辆白色的车撞了,没看清车型,您一定看

见了吧?"

司机一愣,随即说道:"是有一辆白色的小货车刚闯过红灯,向南跑了,没看清车牌。"

"带我追一下好吗?"刘刚央求道。

司机迟疑着说:"那快上车,红灯要亮了。"

刘刚刚坐上去,车就向南急驶起来。

"现在的人太坏了,撞了人就跑,追上他,我决不轻饶。"刘刚气愤地说。

"是啊!"司机边开车,边附声道。

驶过几条小巷,车在一个十字路口停下。

"那车没影了,不知从哪跑了,你在这下车吧,我还有公务,不陪你了。"司机说。

刘刚见寻找无望,只好道声谢谢,丢下20元钱,下了车。

车像箭一样,眨眼消失在夜色中……

一辆出租车停在刘刚身旁,刘刚开门钻了进去,示意司机掉头返回。

"刚才是你被撞了吧?"司机问。

"你咋知道?"刘刚吃惊地望着他。

"当时我正好在后面,见你爬起来上了前面一辆面包车。"

"是呀!人家帮我追了老远也没找到那辆肇事车。"

"什么?"司机吃惊地看着刘刚说:"我亲眼所见,就是那辆面包车撞了你呀!"

刘刚听后呆了……

妙　招

王亮脑瓜子灵，平日里小点子不少，就是肚里藏不住话，总喜欢搞"现场直播"。为这，上个星期在公共汽车上差点被当小偷抓了。

那天中午，王亮挤公交车去赶一场朋友的喜宴。车上乘客真够多的，几乎摩肩接踵。就在这时，王亮身边的一位女乘客突然惊呼起来："包！包！我的小包不见了！"

当即有人惊呼："车上有扒手，大家警惕！"

于是，车厢内便引起了一阵骚动。售票员急忙安慰大家："别慌，请大家安静，前面就是派出所，我们可以直接将车子开去，扒手肯定跑不了！"

王亮也打抱不平地插上了话，大声问这女乘客："包里有啥贵重的东西？"

女乘客回应："500元钱，还有一部手机。"

"手机？"王亮反应极快，随即问道："手机号码是多少？"

"×××××××1112"女乘客回应。

王亮哈哈大笑，当场宣布："不用去派出所了，我可以现场破案！"

"现场破案？"满车乘客无不惊讶地望着王亮。

只见王亮得意扬扬地从胸前的口袋中掏出自己的手机，"嘿嘿"地笑开了，"诸位注意了，我现在开始传呼'×××××××

1112'了。要是这手机在谁的身上响起来,谁就是扒手了!"

话音未落,只觉得身边有人挤动了一下,王亮便又吆喝开了:"大伙别乱动,注意周围可疑的人!"说罢,他不敢怠慢,当即按了呼叫键。

还真灵,不到半分钟,王亮身边便响起了"嘟,嘟,嘟……"一阵急促的鸣音。乘客们便开始用警惕的目光捕捉声音响起的地方。

"怎么,这手机在你口袋里?"一位小胡子乘客当场指着王亮的鼻尖喝道。

王亮猛吃一惊,可不,在自己西装口袋里传出了手机的急促鸣音。他急忙用手一掏,当真竟掏出了一个小包。女乘客一把夺了过去,气急败坏地骂道:"这不就是我的包?你这缺德鬼!"

小胡子冷笑:"贼喊捉贼!"

王亮呆若木鸡,像中风了似的,一句话也说不出来。幸亏等那小胡子下车后,有两位乘客替王亮洗冤,说是亲眼看见小胡子在王亮发表讲话时,便将这小包偷偷塞进了他的西装口袋里。

无疑小胡子是扒手,而王亮则是聪明反被聪明误。真相大白后,众人以同情和讥笑的目光瞅着王亮,他沮丧地朝自己的脑门上狠狠地拍了一掌。

剪 纸

早上,黎校长刚踏出家门,顿感春风拂面。太阳微微露出笑脸,空气清新湿润,穿过两条马路,学校就到了。一路上,认识或不认识的人都热情地和他打着招呼。乡下人憨厚淳朴，对这位城里来的校长十分尊敬。

远远望见学校了，门口站着一位瘦弱的阿婆，头上包了一块头巾，胳膊上挎着个布兜兜，看黎校长走近，老人主动上前打招呼："黎校长，您早啊！""您早，阿婆，有事吗？"阿婆在门口支支吾吾，似乎有什么难言之隐，黎校长只得把他请进了办公室。

来到办公室，阿婆有点难为情地说："黎校长，我孙子叫徐成，是四(3)班的，上学期学校让他参加了画画的补习班，他特别高兴，学得也挺好，我看他画什么就像什么。""呵呵，是绘画兴趣班！"黎校长插了一句。"哦，对，对，兴趣班，还不要交钱的。"

说起学校的兴趣班，黎校长露出微微得意的神色。来校的这两年，学校在丰富学生兴趣、培养学生综合素养方面下了不少功夫，尤其是学校为学生开办的免费书画、纸工、戏曲等兴趣班，已经在全市小有名气，这对于一所农村小学来说，实属不易。学校本着"全面推广、重点培优"的方针，除了在音乐、美术等课堂上开展全班性教学外，还从中挑选部分有潜质的学生重点培养。一开始，愿意参加兴趣班的学生寥寥无几，毕竟在农村，有艺术天分的学生不多，家长也不重视。但是经过这两年的尝试，现在的兴趣班可谓是门庭若市，很多家长都想方设法挤进来，弄得老师十分为难。

这时，只听阿婆接着说："这几天孩子不怎么爱说话了，他爸爸妈妈都在苏州上班，平时徐成就和我在一起，我一个老太婆看孙子这样，觉得心里特别难受。"

老人家顿了顿，鼻子抽了一下，又继续说："我就问他到底怎么了，孙子就是不说，直到昨天晚上他哭着告诉了我，这学期那个画画班他不参加了！老师说人太多了，要减掉几个。可是他说有

个老师家的小孩前天就单独加到班里了,画得还没他好,而且我孙子还有学校绘画班的正式录取通知书呢!"老人抬起头,哽咽着说,"黎校长,我就是想让您帮帮忙,让我孙子继续画!"

听到这里,黎校长全懂了:"老人家,您放心,我马上去调查,如果你孙子真的在绘画方面有特长,也收到过学校的通知书,我保证让他进入提高班,您先回去吧。"

老人露出了笑容,连说三声"谢谢",转身就出去了。"等一等,老人家,你的布兜兜还没拿呢!"老人打开布兜兜,说:"这是我多年积攒的剪纸,去年获得了联合国教科文组织大奖,留给孩子们临摹吧。"她老人家特地拿出一幅说,"这是送你的。"

送走老人,黎校长打开了那些剪纸,琳琅满目,不愧是国之瑰宝。那些民间传说像变魔术一般跃然纸上,展现在他面前。原来她老人家是著名的民间剪纸大师,黎校长打开送给他的那幅红色剪纸,上面是端端正正的四个大字:清明公正。

事情很快查清楚了,学校一位教师给自己小孩开了后门,把徐成的名额给挤掉了。

学校恢复了徐成兴趣班学员的资格,聘请了他奶奶为兴趣班顾问。老奶奶给黎校长的那幅剪纸,被他镶上镜框,挂在了校长办公室。

食　神

1　"龙凤呈祥"

高"山"下的小"丘",我的良丘餐馆与著名星级饭庄美食山做了邻居,开张一个月来生意还算红火。

这天中午,餐馆先后进来了两拨顾客。前面这拨人小混混打扮,领头的脑袋上有两块铜钱疤,落座后点了一壶毛尖茶。后一拨人,为首的五十来岁,阔脸上架着副宽边墨镜,中式鱼白上衣绣着条金飞龙,身后跟着几个黑大个保镖,他们打量一番后在邻桌落座。

迎宾小姐小雨安顿好两拨客人,一脸惊慌地找我:"丘老板,不好了,二疤那帮无赖又来了!"我掀起门帘瞥了二疤那边一眼,邻桌墨镜先生也引起了我的注意。问起他的底细,小雨摇摇头,说没见过。

如临大敌!我赶紧吩咐小雨专门站在他们身边伺候,盯死喽。

半个月前,二疤这帮人就来搅过局!

那天餐馆里座无虚席,顾客慕名而来,要品尝金牌菜肴"龙凤呈祥"。我之前刚参加中央电视台的第 N 期厨艺大赛,一路过关斩将,以一道"龙凤呈祥"拔得头筹:菜肴色香味俱全,用鳝鱼丝和鸡丝拼出的龙凤造型,栩栩如生。专家评委品尝后赞不绝

口,称此菜兼容了四大菜系的风味。

获奖时的我才28岁,可谓年少成名。但我苦钻厨艺已十年了!我家在贫困山区,初中毕业辍学进城打工,积攒下两千元上厨师技校。毕业后我在济南千佛山饭店当配菜工,从师学艺两年。学得鲁菜厨艺后,又到南京当配菜工学做苏菜。之后辗转广州、成都等名店打工。掌握了鲁、苏、粤、川四大菜系的厨艺精髓后,我谢绝了师傅的推荐,毅然回到本市自己创业,推出招牌菜——"龙凤呈祥",并一炮打响。

二疤那日领几个混混来品尝"龙凤呈祥",佳肴名酒猛吃猛喝后,要了道肉丝汤。谁知汤喝到一半,他们突然吆喝我过去,愤怒地质问:"看看!这汤里是啥!"我近前一瞧,哎呀,汤盆底怎么沉着两只死苍蝇?开业以来,我一直亲自守在厨房,亲把消毒卫生关,未发现过半只苍蝇,防疫站苛刻的检查也都顺利通过。我追问做汤的师傅,他发誓没有苍蝇。但死苍蝇确确实实在汤里,让人有口难辩。

我赶紧给客人赔礼道歉,吩咐人重新再做一道汤。二疤冷冷一笑:"碰上这腻歪事谁还喝得下?赔咱精神损失!要不……"说着,他拿起手机就要给报社打电话。好窝囊!我不想把事情闹大,饭馆刚开张,声誉要紧,只得认倒霉:酒饭白吃,赔人家损失费500元。事后才从顾客嘴里知道,这伙混混常用偷放苍蝇等手段在饭馆要无赖,骗吃骗喝!

这次是不是食髓知味,他们又来搞名堂?

2 "凤品百鲜"

说曹操,曹操到。不一会儿,小雨就高喊:"老板,客人有请!"我上前客气地问:"先生们有何吩咐?"只见戴墨镜的客人从怀里掏出一沓钞票,又摸出一个五毛钱的钢镚放在桌上,说:"我们刚尝了'龙凤呈祥',确实名不虚传。我再点你一盘2000元的菜,一定要物有所值。这5毛钱,再请你做一道物美价廉的菜。"

啥意思?出难题看笑话,还是别有所图?我丈二和尚摸不着头脑,就笑着建议:"5毛钱的菜我做,包您满意。只是本小店经营中低档菜肴,这2000元的菜,几位何不到隔壁美食山饭庄去?那里饭菜高档齐全有品位。"谁知墨镜先生不以为意地说:"高档菜咋不能做?眼光放远点嘛,得满足不同顾客的需要。我今天慕名而来,就想尝尝你金牌厨师的高档菜。"

隔壁二疤一伙见有热闹,凑过来起哄:"2000元菜做不来,还开啥业,关门歇菜吧!"

"那好,请稍等!"我心里有了底。我在豪华饭店工作多年,见过这阵势。不少大款大腕讲排场,摆阔气,不惜一掷千金,享受新奇菜肴。周瑜打黄盖,这些人也是大饭店的得力"经济支柱",何乐不为?

我很快端来一盘凉菜。报菜名——"富士白雪"。六寸盘里,淡绿晶莹的水萝卜丝呈圆锥体,顶端放着一小撮白糖,有些像微缩的日本富士山。墨镜先生问:"这菜是否超值?"

我讲出了明细账:水萝卜一元三斤,此菜用料一斤,三毛三分钱;用白糖三钱,一毛二分,成本合计四毛五分,略有盈余。墨镜先生听了,摇摇头并不买账:"这种超低档菜不赚也罢。再者菜名东洋化,易惹国人反感。"

说实话,这"挑剔"让我很服气,接下来的制作我更细心。半小时后,我把2000元菜做好端上来,报菜名——"凤品百鲜"。一个不大的四寸盘,盘底滑熘了蘑菇、木耳、彩椒、竹笋等诸样青菜细片,五彩眩目、浓香逼人。清透的浓汁上面,白瓜子般的主料

拼成一只回首凤凰,并用浅黄色的"毛絮絮"点缀其脖颈羽毛,显得生动逼真。

二疤凑上来一看,轻蔑地一撇嘴,给"墨镜"拱火:"切,就这玩意儿,能值2000元!太糊弄人了!"

只见墨镜先生伸出筷子夹住"白瓜子"仔细端详,放进嘴里慢慢品尝;又夹住"黄毛根",送嘴里细细咀嚼。品味一番后,墨镜先生评论道:"嗯,这是鸡舌和鲤鱼须!鸡者,凤也。凤凰来尝百鲜,好创意!这鸡舌滑嫩筋道,鲤鱼须也酥中有脆,确实别有风味。请问如何作的价?"

我侃侃报来:"按厨家规矩,取鸡舌入主菜,整只鸡便是下脚料。此菜主料鸡舌70片,须杀鸡70只;所用鲤鱼须,须杀鲤鱼60条!每只鸡25元,70只便是1750元;鲤鱼10元三条,60条200元。主料核算成本为1950元……"

墨镜先生听罢二话没说,道声"辛苦",把桌上的2000元递给我。

傻帽!二疤本来想看出好戏,看墨镜先生开始那架势,以为必定会狠狠捉弄我一番,让我白做菜拿不到钱,再挨番训斥。没想到墨镜先生认了"冤大头",二疤他们自感无趣,回到自己桌上。

这时我心里高兴又纳闷:一般大款消费只甩钱不会问成本。这墨镜先生绝对是行家!

3 "竖丝汤"

二疤的餐桌上杯盘狼藉,混混们显然已酒足饭饱。旁边的服务员小雨眼珠一动不动地盯着,生怕他们故伎重演。她瞅空给二疤递过账单,二疤拍桌子,眼一瞪:"催啥命?我们还得喝汤!"他冲伙伴眨眨眼,又沏了壶毛尖。

我上前问二疤:"请问各位要什么汤?"二疤用牙签剔着牙,轻描淡写地吩咐:"来个'竖丝汤'吧。"

我以为听错了!在厨界闯荡十年,烹过各式各样的汤,却从未听说过什么"竖丝汤"!只见二疤指指玻璃杯里的茶,这种毛尖刚沏出来,茶叶梗直上直下竖在水里。二疤坏笑说:"看见没?你这里茶是竖丝的。我的汤也要'竖丝汤',汤里的菜丝肉丝全得竖着!"

这不是故意刁难人嘛,我压住怒火耐心解释:"横丝竖丝都一个味。我给你格外加点料,保证汤鲜味道美。"二疤一脸冷笑:"我们慕名而来,就是想尝尝你金牌厨师做的'竖丝汤'!你金牌厨师连这都做不出,不白耽误我功夫!一句话,做得出我付钱,分文不欠。做不出一分不掏,还得赔我功夫钱!"

骑脖子拉屎——欺人太甚!这次我不再妥协,严厉地与讹诈者理论。僵持中,墨镜先生过来劝解,却明显拉偏手:"顾客至上,有求必应嘛。老板,顾客提出来就尽量满足。试试吧,咋知道就不行?"说着,他连推带拉把我拽进厨房。明知对方讹诈,还为他帮腔!我气呼呼地冲墨镜先生喊:"你说得轻巧!哪有菜丝立在汤里的?"

墨镜先生轻轻拍拍我的肩膀,突然冒了句:"钓过鱼吗?鱼漂为啥能竖在水里?"说完挑帘而出。

响鼓不用重锤。我一下恍然大悟,鱼漂被甩下水后先躺在水面,很快在鱼饵重力下立在了水中。这菜丝……

我立即吩咐伙计在二疤的桌上架了两口火锅,一口加水,一口放油。店里的顾客也顾不上吃饭,好奇地围拢过来,想看看"竖丝汤"是否真能做得出!我快速寸断肉丝、韭菜丝,另一个碗

里用芡粉加鸡蛋、味精、虾仁泥等搅成糨糊状。油热后,我迅速把菜丝、肉丝一端都蘸上糨糊,往油锅里一砸,急掭两下,菜丝一端的糨糊团变成金黄的小球球。我迅速把它们捞进开水锅。只见滚烫的汤里,韭菜和肉丝果如鱼漂般立在汤里,一起一落。

好绝活!神了!顾客们拍手欢呼!二疤脸色蜡黄,还要狡辩,墨镜先生、保镖们及全场顾客齐上阵,围住他纷纷指责:"哎,你要够了没?掏饭钱!耍赖的话,送你去公安局!"

众怒难犯。二疤在众目睽睽之下,乖乖掏了钱灰溜溜地走了。

我感激墨镜先生的及时点拨,这时才被告知,对方是我师伯——美食山的董事长。他接到我师父的电话,对我的经历很感兴趣,就带领几位名厨暗地来考察。说着,师伯掏出一份合同,郑重填写了几个字后递给我。我一看,是张聘书,聘请我丘兴担任美食山高开区分店经理!

黑 馍

1930年中原大战期间,冯玉祥将军部队的军饷困难。官兵的伙食,由白面大米改成杂面窝头,黑不溜秋,一看就倒胃口,嚼起来剌嗓子眼儿。连吃数天,军营里怨声载道。

这天冯将军叫来司务长,命令从即日起,他冯玉祥停止吃小灶,和士兵一样,顿顿吃黑窝头,不得有误。

冯将军还抽空下连队就餐,和将士们一起有说有笑啃窝头。

人家冯将军也啃窝头啦！消息传遍军营。从此，将士怨言消失。也怪，这啃窝头的部队，作战反倒更强悍了。

不久，副官发现，冯将军由于日夜操劳，再加上胃口不好，总啃窝头，日渐消瘦。一天，冯将军吃过饭后，忽然腹痛不止，满脸汗珠，床上躺了一阵，才哇哇呕吐起来。痰盂里吐的是没消化的黑绿窝头渣。

看着病弱的冯将军，副官心痛不已，他再也忍耐不住，就找到司务长，让他给将军重开小灶。司务长知道将军的脾气，不敢答应。

副官急了，掏出手枪抵着司务长的脑袋嚷道："出了事我兜着，你要不做老子毙了你！"

这天中午，冯将军正在作战图前沉思，香喷喷的大米饭、鸡鸭鱼肉端上来了。将军一看大怒，好大胆子，敢公然违抗我的军令！他立马叫来司务长，命令副官将司务长押上军事法庭。副官急忙跪倒在地哭诉，看到将军日渐憔悴，心里难受，拼死也要让将军吃顿好饭。

半晌，冯将军扶起跪在地上的副官，叹了口气说："你们只盯着我，没瞅见弟兄们！他们是啃着窝头拼死拼活啊！你们这不是陷我于不仁不义吗？"他命令司务长：再敢擅自开小灶，格杀勿论，又命令副官：把这桌饭菜立刻送到伤兵营。

冯将军照旧啃起了黑窝头，可不知怎的，以前将军吃窝头，越吃越瘦，脸色也蜡黄。可自那以后，将军的面色渐渐红润起来，精神也越来越饱满。大伙悄悄议论说，瞧咱司令，越吃粗粮越长肉，真是员福将啊！

战事结束后，将士们吃上了大米白面，冯将军也恢复了小灶。为了让将军解馋，司务长安排了丰盛的伙食，顿顿鸡鸭鱼肉、生猛

海鲜。谁知有一天,冯将军心血来潮,把司务长叫来说:"你说怪不? 我现在又想吃那黑窝头了,你还能做不?"

"能,您瞧好吧!"司务长答应一声,就上街去买东西,回来正碰上副官,副官问:"你买那么多栗子干吗?"

"砸栗子面,冯将军想吃黑窝头了。"

副官这才明白,原来司务长怕将军老啃黑面窝头吃坏了身体,便苦思冥想,终于想出了个两全其美、偷梁换柱的法子。不是非要吃黑面窝头吗? 好,我拿栗子面做,跟黑窝头一模一样,但比黑面窝头有营养,还可口。将军整天忙于打仗,也不计较窝头的味道,竟没发现。

……

黑窝头又被端上了餐桌,冯将军拿起一个就大嚼起来。吃着吃着,他咀嚼的速度渐渐慢了下来,眼里渐渐噙满了泪花,他叫人请来司务长,拉住他的手,递上满满一杯酒说:"好兄弟,我刚尝出来,难为你了! 来,敬你一杯……"

补　胎

二旦要当爸爸了! 他脑子里早开始了倒计时。从老婆最后一次月经算起,已经九个月零一天了,如果不拖月的话,再有六天,他就能当爸爸了。

人逢喜事精神爽,二旦觉得有使不完的劲儿。可近些日子,他却老是有劲没地儿使,真着急。早先,通往山里的路很糟,二旦就在山口开个修车补胎的铺子,整天有爆胎坏车的来求他,有时一忙起来顾不上吃饭。可现在呢,进山的路修得平平整整的,二旦站在铺子门口看着大车小车从眼前飞驰而过,熟识的司机按一下喇叭,或颔一下首,算是打个招呼。可这礼貌的举止却令二旦心里不是滋味。想想,他们跑的都是钱,自己站着干等闲。

二旦清闲了,就有了更多的时间去照顾怀孕的老婆。可他总是个闲不住的人,再说,不趁年轻狠狠赚一笔,将来如何供儿子上大学、读研究生、出国留洋呢?二旦认定老婆怀着儿子,因为他天天都隔着她的肚皮去享受有力的踢蹬:"小子,好大劲儿哟,再来一下。"那可是发自内心的自豪,无与伦比的幸福。然而,二旦越是沉醉幸福,越是双手发痒,一天不动扳手,好比睡觉摸不着枕头。最后,二旦实在耐不住清闲,打算去"创造"点活做。

其实,从司机们的抱怨中,二旦早知道有些修车的会为自己找活做,在路上撒钉子,撒玻璃碴。以前他不屑,那是由于饱汉子不知饿汉子饥。如今,闲下来后也常往那方面想,但毕竟做贼心虚,一次都没有去行动。然而,终归顶不住闲散和不能挣钱的负重感,这天,他也偷偷向路上撒了钉子。

傍晚时分,终于等来了倒霉蛋。一辆小车歪歪斜斜地停靠在门口,下来个中年司机,听口音就知道是外地人,有怨气也不敢大声喘,只是抱怨:"人倒霉喝口凉水也塞牙,爆了条胎,刚换了备胎,没走五十米,又扎了,真气人。两条胎都补了,要多少钱?"二旦说:"一条三十,两条便宜点,五十吧。"司机说:"是否贵了点?"二旦说:"嫌贵,前边修去,十里坡有家铺子,少说要你八十。"司机万般无奈:"补吧,补吧。"而后自言自语:"那个路上丢钉子的,生孩子没屁眼儿。"二旦心里说:你甭骂,我早就骂过你了,又现宰你五十,值!

二旦刚抄了工具要动手,突然,后邻王婶跑来喊:"二旦,二旦,快去看看吧,你婆娘摔倒了,流了满地血,怕是要生了。"二旦风一样去了,背了老婆又风一样回来了。他站在路中央,等了半天没一辆车过来,血顺着二旦老婆的股间不停地往下淌,地上殷红一片。

这时,那个外地司机开口了:"别等了,我送你们。"就见司机拿把改锥,朝着左边的那条好胎扎了进去,并用命令的口气说:"快上车,这样才平稳。"

汽车在路上奔驰,没气的两个车辘轳发出噔噔噔的响声,拍击着二旦咚咚咚的心跳。终于到了县医院,进了手术室。两个小时过去了,护士抱出了个大胖小子,又两个小时过去了,昏睡的老婆被推了出来。不过,医生的话一字千钧:"幸亏送来及时,才保住了两条命。"

二旦心中的石头总算落了地。他去找那个外地司机,要给人家下跪,赔给人家两条胎,可司机和车早已踪影全无。

演　戏

谁也没想到,贾洁竟和部长狠狠地吵了一架,气得趴在桌子上哭了一场,哭得天昏地暗的。部长的脸色也变得铁青。

贾洁是部长的秘书。部长40多岁,玉树临风。贾洁30岁,恬静贤淑。工作上,两人一直合作得不错。头一年,部长经常把贾洁叫进办公室,交代、指导工作。后来,贾洁主动去找部长,请示意见。请示的时间似乎越来越长,办公室内不时飘来愉快的笑声。再后来,部长出外开会,就带上贾洁。

就在今年,有人看见俩人从电影院出来,又传出,俩人某天走进了酒店。正当科员们看他们的眼光变得神秘时,这场吵架,似乎给人们注射了清醒剂。这不,事情也许不是想象中的那样,人家也有矛盾,不能乱瞎猜!

其实,在我们这些旁观的人看来,芝麻大的一点事,干吗非要大呼小叫,伤了同事间的和气?也许是贾洁心里的郁闷压抑得久了,需要释放一下,也许是在家里有了什么不痛快,带到单位里来了。

那天一大早,部长从他的小办公室里踱出来,慢慢腾腾地进了我们的大办公室,板着脸走到贾洁的办公桌前,把一沓材料不轻不重地搁到贾洁的桌子上。部长说,你把这个材料重新搞一下,最好用心去搞!

这是部长平时交代工作惯用的语言和方式。贾洁就不愿意了,她站了起来,站得太猛甚至带倒了身后的椅子。她说,重搞就重搞,你没必要这样,黑着脸给谁看!

争吵中贾洁指出了部长的两点错误:一是交还材料的态度不对,不该摔摔打打的;二是部长最后那句话,什么叫用心搞一下?难道这份材料她没有用心搞?是敷衍应付,随心所欲?这不明明是说她工作态度有问题吗?

天地良心,部长是板着脸走到贾洁桌子前的,但说部长摔摔打打,就有些言过其实了。部长往她桌上放材料的时候,我们都是看见了的,力气是大了一些,材料距桌面尚有二十厘米,部长就松开了手,让材料自由地滑落下去,在桌子上弄出了一点声响,但绝对谈不上摔摔打打。至于部长说的那句话,也没有什么大的毛

病,他对我们从来都是那样说的,我们也没有觉得哪里不对。

于是大家便想到了"借题发挥"这个词,也便知道今天这场架其实是贾洁蓄谋已久的事,借此发泄对部长的不满。

贾洁这人平素特淑女,腼腆得和男人一说话就脸红。如果你是男士,和贾洁说话的时候,最好不要看她的脸,也不能看她脸以下的地方,哪怕是无意的也不行,那会被她认为是不怀好意,是别有用心。她会花容失色,掉头走开。

我们办公室的人总有弄不完的材料和报表,稍有闲暇,就想说些笑话放松放松,有时自然地要说些无伤大雅的荤段子,图的是大家在一起乐和乐和,连二十来岁的小女孩都跟着傻乎乎地乐。

贾洁不行,每到这种时候,她就收拾桌子上的报纸书刊,在桌子上磕出嗵嗵嗵的声响,以示抗议。仅仅如此倒也罢了,如果荤段子继续下去,她会拂袖而去,走之前送你一声"无聊"或是"恶心",把说笑话的人弄得很是无趣。

所以但凡有贾洁在场,办公室的气氛就很沉闷呆板,但你又不能说她有什么错。

和部长吵架以后,贾洁三天没来上班,说是病了,在家休息。虽然大家都看不惯贾洁平时的做派,但毕竟是一个办公室的同事,又都是女同胞,真的生病了也不能不去看望,表示一点情意。

在贾洁请病假的第三天,我们一行三人买了水果和奶粉去看她。

贾洁租住的是一间民房,丈夫经商,常年在外。大概是房东出去办什么事了,大门敞开着。经过贾洁窗下时,我们却意外地听到从屋子里传来一个男人喘息的声音:你那天的架吵得挺像回事,真像一个出色的演员!贾洁说:还不是为了你这大部长,偷了腥还要装清白!

"嘻嘻,你还不是一样,偷了汉子还装淑女。"

"讨厌。"

房子里传出一阵席梦思吱吱的怪叫。

那天,我们把水果在回来的路上吃了,把奶粉带回家了。

上了班的贾洁仍很淑女,照样不和男人对着脸说话,大家说荤段子的时候照样嘟嘟囔囔地整理书报,拂袖而去的时候照样说声无聊或是恶心。

不过我们已不再在乎她了,该说什么就说什么,该怎么说就怎么说,没人再把她的假模假样放在心上。人做了不正当的事,还装疯卖傻遮遮掩掩。活那么累干什么?一个月后,市纪委来人找部长和贾洁分别约谈。部长和贾洁像商量好了一般:痛哭流涕,忏悔不已。人们相信:他俩这次不是演戏。

恶作剧

他爱她,但他很穷,买不起花店里的鲜花,他跑到几十里的城外采来一束束芳香扑鼻的野花送给她。起初,她不接受,因为姐妹们常提醒她,生活不是秀色可餐,她的家人也全反对。他不放弃,每天为她送来一把鲜香的山花和一副憨厚的笑脸,不管她接还是不接。渐渐地,她被他那淳朴的浪漫所征服,一天没接到他采来的山花她就会更加思念起那张憨厚的笑脸来。这样,持续了一个年头,她还是冷静地与他保持着一定的距离。

越是这样,他越是疯狂地爱着她。她想,她真的无法离开他了,于是她决定嫁给他。在嫁给他之前,她出了事。

一天,他接到一个电话,起初是个男人的声音:"你的女友在我手上,如果你还想见到她,就乖乖地给我送来十万元钱,如果报警我就撕票!"说完,电话那头便传来她的哭声:"你不要给他钱,再说,你也没那么多钱呀,你报警吧!"他听了,很是紧张,他惊慌地叫道:"你别怕,我会想办法来救你的,就是卖血我也会弄到十万元钱!"挂掉电话,他清醒了过来,他明白自己没有能力在五个小时内弄来十万元钱。可弄不来钱,绑匪就会撕票,他就再也见不到她了,想到这,他号啕大哭起来,他发现自己是多么的没用,突然他有了轻生的念头。就在这时,电话又响了起来:"钱准备好了吗?现在只有一个小时了,如果没钱我就不客气了!"

"你这个王八蛋,如果你这样做,我也不想活了,在我死之前我会将你碎尸万段!"他歇斯底里地叫着。她听见了他的声音,透过声音她知道了他是真正地爱着她的,眼泪便哗哗地落下来:他通过了考验。

她回到了他的身边。见到她平安回来,他又是高兴又是惊讶,他不明白绑匪为何轻易地放过了她。她满脸泪水地说:"绑匪知道你真的没有钱,绑匪也被你的爱所打动。"听了,他憨憨地笑,一脸灿烂。

接下来她就嫁给了他,心甘情愿地过着贫困而快乐的日子,但那场恶作剧一直是个秘密,她没告诉过他。

转眼十年过去了,他们有了孩子,他们告别了贫穷,他们拥有了上百万的财产,过上了富人的生活。有了钱后,他的应酬多了起来,暧昧的电话多了起来,他经常不回家。她怀疑他在外面有了别的女人。她隐隐约约地感到他变心了,越想她的心情越糟。

一天,她突然想起了十年前玩过的那场把戏。

之后,他接到了一个与十年前内容一样的电话:"你的老婆在我手上,如果你还想见到她,就乖乖地给我送来五十万,如果报警我就撕票!"她在一旁焦急地等着他像十年前那样说出一句令她感动的话来,如果是这样,她就相信他一直是爱着她的。

可结果令她失望了。

他说:"五十万太多了吧?"

她向"绑匪"伸出了三根手指。"那么给三十万吧。""绑匪"道。

"三十万? 好,如果你杀了她我给你三十万。"

"为什么?""绑匪"问。

"因为我也烦了,想杀了她。"他笑道。

她惊出了一身冷汗,天啊,他怎么变得如此阴险。

她伤感地回到了家。见她平安回来,他激动地跑了过来,她一把推开他的手,哭道:"怎么,听说你叫绑匪杀了我?"

他脸一白,不自然地辩解说:"哪有? 我那是反其道而行之。要知道,罪恶的欲望是无法得以满足的呀! 要不你也无法平安回来。"

"哼,你露馅了,先生,绑架是我设置的一场好戏,十年前那次也是。为的是考察你。"说这话时,她冷若冰霜。

他听了,一阵目眩。

闲　事

　　芬的家对面是家游戏厅。没事的时候,她站在门口看出出进进的游戏者,目睹了很多未成年孩子偷偷溜进游戏厅。

　　有一天,芬看见那个虎头虎脑长着一双大眼的孩子走进了游戏厅,好长时间没有出来。芬坐在门口,不时看一眼腕上的表,眼前一直恍惚着那个孩子的模样,和孩子的模样交替出现的,是一张永远也抹不去的脸。

　　终于,芬看见那孩子走出了游戏厅。芬站起来,想走过去教训这个孩子,但又站住了。自己有管教的权利吗?她就又恨起孩子的父亲,怎么能这样对孩子弃置不顾呢?

　　孩子的父亲叫罗,和她有过一段深深的恋情。但那一年,他与两位当村干部的长辈在工作上发生了争执,闹得两败俱伤,甚至毁掉了他们的婚姻。后来在经历了那个生离死别的夜晚之后,罗一气之下去了南方。两年后罗回到村里,芬已经嫁给本村的根。

　　罗娶了邻村的一位姑娘。之后,他利用在南方结下的关系与人合伙建起一家工艺厂,生意十分红火。芬为罗的出息和成就感到欣慰,罗毕竟是自己曾经爱过的男人。可他们怎么能不管教孩子呢。芬在心里骂罗。

　　翌日下午,学校放学的时候,芬又坐在门口,果然又看见那孩子走向游戏厅。她鬼使神差般三步并作两步拦在了孩子面前。

"你是罗的孩子吧?"

孩子两眼直直地看她:"是啊。"

"怎么天天来这里玩呢?"

"你是谁呀,管我干吗?"

芬说:"孩子,这样玩会影响学习的。"

孩子要从她身旁闯过去,被一把拽住了。

孩子两眼瞪得圆圆的:"我爹上班,我妈打牌,他们都不管我,你凭什么?"然后,他倔强地冲进了游戏厅。

好像肩负着神圣的使命,她紧追过去,气呼呼地质问游戏厅的主人:"你们挣钱也不该让这么小的孩子来玩吧!"

游戏厅的主人笑笑,"你真是太平洋的警察管得宽,他们自己要来,我能拒绝吗?"

芬意识到自己的失态,退了出来,孩子已经沉浸在热闹的游戏中。

芬勉强忍耐几天后,去厂里见了罗。

两人相对站了好久,罗终于打破尴尬:"坐吧,芬。"

芬说:"不,不坐,我来是要告诉你,应该管管你的孩子,他几乎每天都进游戏厅。"

罗感激地看着芬:"谢谢。"

芬说:"就这事,我走了。"

罗说:"坐吧,坐会吧。"

芬抬起头,罗正两眼直直地看着自己,她慌乱地走出了厂子。

罗在一次放学后,从游戏厅拽出了儿子。

一连几天,芬没有再看见那虎头虎脑的孩子,她长长地吐出一口气,仿佛舒畅了一些。

可仅仅过了几天,视线内又出现了孩子的身影。

芬禁不住又去厂里找罗。

罗到南方出差了,要好多天才能回来。芬从厂里出来,踌躇许久之后去了罗的家,远远地听见罗的家里一阵噼里啪啦,罗的爱人正玩得尽兴。

芬敲了几次门,那女人才离开赌桌,看到是芬,略一惊异,忽然扯开了嗓子。

"哟,什么风儿把你吹来了,找我们罗吧,遗憾呀,他出差了。"

芬勉强镇静下来,"你别误会,我来告诉你,你的孩子……"

没等说完,罗的女人打断她:"我们的孩子用你管呀,真是咸吃萝卜淡操心!"

芬说:"孩子整天去游戏厅,对孩子不好……"

"啪!"门狠狠地关上了,女人又回了赌桌上。

不好再说什么了,芬悻悻地离开罗家,眼里竟噙着泪。

几天后,无法再忍耐的芬去了派出所。

游戏厅被端掉了。

借　据

石春来知道,那件被爷爷视作宝物的东西,如果向爷爷讨,爷爷是断然不会给他的。

石春来只有自己找,趁爷爷不在的时候,翻箱倒柜地找,每一个可以藏东西的地方他都找遍了。

石春来终于找着了：一个用红绸布包裹着的小木匣子里，它静静地躺着，上面还覆盖着一层塑料纸。石春来小心翼翼地将它揣进口袋，木匣子仍用红绸布包裹起来放回原处，然后松了口气。有了这"宝物"，石春来要去县里办一件大事。

第二天一清早，石春来就揣着"宝物"上路了。

到了县城，石春来直奔县政府，他要找县长。

警卫拦住了他，问：你是什么人？认识县长？

石春来说：不认识。

不认识找什么县长？县长忙着呢，不是随便可以见的。

石春来说：我有要紧事，他再忙也得找。

警卫瞪起了眼睛：走开，别在这儿瞎胡闹。

正嚷嚷间，门口走过一个穿绿便装的人，见状，把石春来叫进县政府大楼底层的一间小屋子里，问他：找县长什么事，告诉我就可以了。

石春来见此人和颜悦色，挺有涵养的样子，估摸来头不小，就放胆说：县长欠账。

绿便装笑着问：他什么时候欠下了你什么？

石春来说：我有县长亲手写的欠条。说着，他从衣兜里掏出一个大纸袋来。

纸袋里有一沓欠条，估计有八九张，写欠条的叫秦福，是新中国成立后本县的第一任县长。

原来，第三次国内革命战争期间，秦福曾在这一带开展地下工作，常在一个叫石明山的人家吃、住，还跟石明山借了几十斗粮食。新中国成立后，秦福当了县长，后来被调走了，但石明山从未拿这些欠条找人民政府兑现，却把它们当作宝物珍藏了起来，从不示人。这石明山，就是石春来的爷爷。

绿便装看了看后说:你今天就为了这些欠条而来?

石春来说:不知人民政府认不认账。

绿便装说:废话,当然认账。

石春来说:我爷爷借给秦福的粮食,即使利滚利,也值不了多少。但那时借粮食给共产党是要杀头的,这样的情义怎么计算呢?

绿便装说:没有人民群众的支持,就没有革命的成功。今天的经济建设仍然如此。我们的党和政府始终没有忘记这一点。

石春来说:但是有人忘记了。

石春来见绿便装专注着听他说,便谈起了乡里村里的一些情况,说有些干部乱集资、乱摊派,事事向农民伸手,农民负担太重等等。

绿便装的表情严峻起来。

这天下午,石春来是被一辆小车送回村的。

坐在车上,石春来兴奋异常。回到村里,他有那么多的话要告诉大家:他今天不仅见着了县长(他的眼光不错,那个穿绿便装的就是县长),跟县长谈了话,而且县长还请他吃了饭,还派小车送他……

石春来还要告诉大家,他向县长反映的那些情况,县长很重视,都在笔记本上一一记了下来,并且决定立即召开一个农村工作会议,专门研究解决的方法。

小车驶到村口,石春来下了车,立即被村里人围了起来。有人还上前摸摸捏捏,仿佛不信眼前站着的真是石春来……

石春来向大家讲述着自己去见县长的经历,回答着大家的询问。正说得兴起,石春来的爷爷来到了跟前,一声喝:小子,我那匣子里的东西你拿了?

石春来说:在我这儿呢。幸亏有了它,不然,恐怕县长不会听我的。

没等石春来把话说完,爷爷已经举起拐杖朝他揍来。但拐杖还没落到石春来的身上,爷爷就已颓然倒地。

石春来的爷爷再没有站立起来。临终前他指着木匣子对石春来说:那里面装着的,是咱老百姓的心,你不该拿去卖弄……

在　岗

贵人语迟,但老贵并不贵,不过是 6 车间 5 组的一名工人。老贵老实厚道能干活,虽然比不上一些小青年油滑机灵,但干起活来,却从不走样,一个顶俩。于是,车间部长老许常说:"老贵呀,老贵!"话语中透出无限感慨,或许还有丝丝欣赏。于是分奖金时,老许也爱偷偷地给老贵一个特殊红包,老贵嘴上不说,但心里明白,于是一份感激全用在工作上,干出的活,让老许一百个放心。

老贵不但在单位人缘好,干活实,在家也是老人们夸奖的对象,连一向挑剔的丈母娘,也对老贵多出几分怜爱,这都是平时老贵自己积累下来的。你别看老贵平时不说话,可跟丈母娘的话不少,东一榔头西一棒子,听得丈母娘满面笑容;吃东西,也总是将好吃的先给老人吃,老人吃完给妻子,轮到自己往往是残羹冷炙。虽然表面上老贵吃了亏,其实真遇到什么好处,丈母娘第一个想到的就是老贵。久了,连儿女们都看出了门道,心想,真应了那句

话:噶古人儿,蛊动心儿,蔫头奔脑最难拎。

可蔫巴也不见得样样都好,这不,轮到下岗,组长第一个就想到他。倒不是老贵有什么不好,但那帮小青年,个个都给组长送礼,与他称兄道弟,唯有老贵与他是君子之交淡如水,你老贵不下,谁下?

但老贵吉星高照,没等老贵反映,部长老许就让老贵如此这般。老贵依计而行,晚上回家把老许的话向见火就着的妻子说了一遍。

啥,你下岗?!

第二天一清早,老贵妻子就破马张飞般地冲到班组,组长一看这阵势,就脚底抹油溜了。面对老婆的"胡闹",老贵低眉顺眼,急得不知说啥好,只逗得老许隔着门缝偷着乐。找不到组长,老贵妻子又找厂长,吓得老贵只央求,但针扎火燎的妻子如何听得进去,只是再从厂长办公室出来,她却春风满面,拍着老贵说:"一切搞定,看以后谁敢欺负你!"

雨过天晴,老贵留下了,倒是组长下了岗。

看着蔫头奔脑的老贵,老许说:"老贵呀,这组长你干!"老贵听了,急得直翻白眼。"部长,我不是那材料!""那你是什么材料?"看着部长瞪着的双眼,老贵不觉蹲了下去。

从此,没人再敢把老贵当枪使,老贵也人模狗样地当了回领导。没想到,老贵上任后竟一呼百应,小组成了车间乃至全厂的先进。

老贵技术好,是全厂出名的,于是就有民营厂子要挖老贵,老贵连哼都没哼:"不去!"不管人家给多少钱。见说不动老贵,于是人家又去游说老贵妻子,一听每月一万元的收入,老贵妻子动了心,拍着胸脯说:"没问题!"因为过去只要她枕边风一吹,老贵没有不同意的。但这次,老贵却蔫头耷脑地抽了一宿烟后,撂下一句话就去上班了。

"愿去,你去!"

妻子气得直翻白眼,工人们也笑话老贵没眼光。

后来,工厂知道了内情,不允许工人接私活。面对工厂的阻止,几个工人一拍屁股辞职了,而老贵则依然眼不红心不跳地工作。为此,厂长还给老贵加了薪,号召全厂向老贵学习,老贵则嘿嘿地笑:"有啥学的。"

不久,传来那家民营厂被查封的消息,至于为什么被查封,老贵也懒得打听,只听说几个离职的工人没了饭碗,四十好几,只得背井离乡去了南方。最近,听说他们混得不错,老贵听了一笑置之,连眼皮都没眨。或许好与不好,只有他们自己知道。这是老贵心里琢磨的,没对任何人说。

考　察

电话铃响了,她伸手去接,里面是一个粗大嗓门的男声:"劳动服务公司吗?"

"不是,您打错了。"她说。

对方"哦"了一下,挂了电话。

她有些失望,重新拿起抹布擦桌子、窗台。每天,她就这样盼着电话铃响,希望能给她带来好消息。三个多月前,她下岗了,去"再就业信息服务中心"填了表,她不知道会不会有哪家单位看

中自己。

刚刚过了两分钟,电话铃又响了。没想到,电话里仍然是刚才那个声音:"请问是劳动服务公司吗?"

"不是的,先生,您又打错了。"她不禁觉得好笑,拖长的语气中带着几分怨嗔。

男人似乎觉得有些意外,怔了一下,说:"真糟糕!那……您能不能给我查一下它们的电话号码?"

"您打114吧。"她说。

"我知道,可是114老是占线。"男人歉意地笑了一下。

"嗯——好吧,您稍等。"她从桌上的书堆里找到了那本破旧的电话号码簿,翻了半天,也没查到劳动服务公司。

于是,她拿起话筒,说:"对不起,我没有查到,您自己再查查吧。"

"哎呀……我有点急事,不太方便,麻烦您再给我查查好吗?我一会儿再打电话给您。"

还没等她回答,那边就挂了电话。她有些纳闷,不知道那个人遇到了什么麻烦。犹豫了片刻,她拨了拨114,却一下就拨通了。她查到了那个电话号码,用笔记了下来。

不一会儿,那个电话果然又打了过来,那个男人刚"喂"了一声,她就把查到的电话号码告诉了对方。

"没错,谢谢您!"那个男人高兴地说道:"您是叫红梅吗?"

她很惊讶对方居然知道自己的名字,忙问道:"您是谁?"

"我们是劳服公司。"男的说:"我们公司需要一个做接待工作的人,看来您可以胜任。明天您来报到吧。"

她明白了,高兴得跳了起来。

"大衣姐"

随着肚子一天天胀大,月月的胃口渐渐好起来。最近一段时间,她喜欢吃清凉的东西,所以就经常下楼去买西瓜。已经一个来月了,男人还在南方跑市场。否则,他会天天楼上楼下地跑,给她搬回大西瓜。他爱她,也爱她肚子里的宝贝。他说,不管男女,他都爱。他已经为宝贝起好了名字,男孩一个,女孩一个,但对她暂时保密,说要等宝贝出生后再公布。

月月在保暖内衣外套了件羊绒衫,羊绒衫外又穿上了那件水貂皮大衣。这件大衣价值万元,是男人去年送给她的生日礼物。今年月月的生日又快到了,出发前他就说过,从南方回来时,他要带给她更大的惊喜。

月月从这幢粉色的二层小楼下来,走出了这个戒备森严的别墅区大院。大院附近有一个小型水果市场,西瓜、香蕉、猕猴桃等应有尽有。这些天里,月月买西瓜总在一个固定的摊点。那个瓜摊在市场的最末端,离大院最远。不是因为这家的西瓜格外好吃,更不是因为这家的西瓜格外便宜,而是因为这个瓜摊的女主人挺着一个比月月还要大的肚子。月月在那幢粉色的小楼里,一天到晚,除了看影碟、听唱片,就是上网聊天。就这样,她还觉得烦躁,还觉得累。她无法想象,一个挺着大肚子的女人在冰天雪地里叫卖水果。而她最无法想象的情景,却不经意间在她眼前出现了。很自然的,这个女摊主引起了她的关注和同情。

那个女人有一张黝黑的脸,天天都穿着一件又脏又旧的军大衣。军大衣女人好像每天都要被冻感冒,月月每次去买西瓜,都听见她在"哧溜哧溜"地吸鼻涕。军大衣女人的身边停着一辆电动三轮车,早晨,她就骑着这辆车去几十里外的水果批发市场进瓜。进的瓜虽然不多,但要好几天才能卖完。于是,在摊旁,她用墨绿色的雨布搭起了一个简易的小帐篷,里面安了一张破旧的木板床,晚上她就睡在这里看摊子。军大衣女人的帐篷里还生了一个小小的蜂窝煤炉,除了用来取暖外,她还经常在炉口周围烤干馒头片。军大衣女人以前不在这里摆摊,搬到这里来也就一个来月。她说,冬天来了,只有富人才吃得起西瓜。于是,在冬至来临之前,在这个别墅区附近的水果市场,她买下了最后一个摊位。军大衣女人对月月说,再过两个月就得回家生孩子了,生完孩子还得坐月子看孩子,这前前后后起码得耽误上仨月。如果不趁现在还干得动多挣点,那几个月保不准就得闹饥荒。

军大衣女人的身边有时会多出一个女孩子,十来岁的样子,小脸蛋也是黑黑的,穿着一身分不出男女样式的旧棉衣,她是军大衣女人的女儿。每逢周末,她就会从乡下赶过来,手拿一个破旧的小计算器,帮妈妈算账。

军大衣女人悄悄地告诉过月月,她非常想生个儿子,发了疯地想,做梦也想。她说男人是个生意人,好几年了,一直对她不冷不热的。除了过年过节回来住两天,给老母亲留下几个钱,一拍屁股,就再也见不到他的人影。每次男人回来,婆婆都会偷偷地告诫她:"你可得想办法多留他几宿,你可得给他生个儿,没有儿子,拴不住男人的心。"

今天,军大衣女人一看到月月,显得格外兴奋,老远就咋呼:"这两天咋没见你出来?"月月也笑着打招呼:"一天比一天懒了,不想动弹。"走近了,军大衣女人又问:"今天吃个红瓤的还是黄瓤的?"月月叹了口气说:"咳,除了红瓤就是黄瓤,都吃腻了。水果专家们也不发明点别的颜色的西瓜,我现在最想吃蓝瓤的。"军大衣女人咧开嘴巴哈哈大笑:"大妹子,你真会说笑话,西瓜哪会有蓝瓤的呢。"月月说:"那就再给我挑个黄瓤的吧。"军大衣女人"啪啪啪"迅速地将一排西瓜敲了个遍,从中抱出一个,也不过秤,就递到月月面前:"这个西瓜保你好吃,不要钱,算我送你的。"月月边拿钱包边说:"干吗不要钱呀,这大冷的天卖个西瓜你容易吗?"军大衣女人说:"俺不是要你白吃的,你得帮俺个忙。"月月说:"能帮的忙我一定帮,钱你还得拿着,我又不是没有钱。"军大衣女人说:"你男人不是也做买卖吗?认识的买卖人一定多,俺想求他帮着打听一下俺男人在哪。如果能见到俺男人,就告诉他,俺算卦了,俺给他怀了个儿子。让他快回家,就说俺想他,他儿也想他……"说着,军大衣女人抹起了眼泪。月月也感到一阵心酸,眼睛湿润了:"你放心,这忙我一定帮。对了,你男人叫什么?是做什么生意的?"军大衣女人说:"他常年在南方跑耐火砖,叫李忠孝,忠厚的忠,孝顺的孝……"军大衣女人的话还没说完,月月就一下子怔在了那里……

　　那一夜,月月是瞪着大眼挨到天亮的。第二天一大早,月月将那幢粉色小楼的钥匙放在了客厅的茶几上,然后头也不回地离开了这幢已经住了三年的小楼。她觉得,军大衣女人才应该是这里真正的女主人。

妈　妈

我住院要做盲肠炎手术。丈夫上班难请假,我打算让妈来帮几天。

"接谁妈呢?"丈夫笑着问。

"当然是我妈了。你妈能来?"

一年前,婆婆来这里住过一阵。老太太虽勤谨,却爱唠叨,还特别护孙子。一次孩子过生日,我给他买了套千元的小西装。婆婆一脸不高兴,嘟囔我们不会过日子。她的理由挺充分:有钱打整十七八,不能打整屎坷垃。小孩疯长,几天衣服就小了,多浪费!孩子他爸在家里最小,总是捡他哥哥的剩衣服穿,不一样长大了?……有时孩子捣蛋,夫妻俩吓唬管孩子,没想到婆婆先翻脸。一次,孩子没考好,我罚他星期天不许出屋,在家写作业。婆婆干涉说,孩子他爹小时候常考不好,不也考上了大学!船到桥头自然直!把孩子关在家,憋闷坏了咋整?她二话不说拽着孩子去了公园。弄得孩子不服管,学习下降。为此,我和婆婆争吵了几次,感情疙疙瘩瘩,最后她赌气走了。如今这情形,婆婆能来?我给自己母亲打了电话,让妈过来救急。

第二天中午,丈夫来送饭,告诉我妈来了,饭是妈做的。我边吃边感慨:"妈做的饭好吃。我想妈了!"丈夫告诉我:家里活儿一大堆。妈得买菜,做饭,接送孩子。先不来医院了。

就这样,住院期间,丈夫每天送饭。妈就是疼我,变着法子给我做好吃的。我感动地说，等我康复后，一定好好孝敬她老人家。丈夫听了有点走神。

出院那天，丈夫对我说："你妈说农活儿忙，已经回去了。我妈来了，接替你妈照顾你。"我一听，愣在那儿："你妈来做什么？怎敢劳她大驾？"丈夫说："我妈知道你住院动手术，主动来的。"我不服气地说："还不是你妈心疼你，专门来帮你的吧。"丈夫看看我，无奈地咧了咧嘴。

回到家里，我看到婆婆正在忙着收拾家务。看到我，赶忙过来搀住我说："伤口还疼不？快躺下，开膛破肚可不是闹着玩的！"她那么亲热，仿佛早忘了我俩之间的不愉快，弄得我倒有些不好意思。

午饭后，孩子要奶奶带他出去玩。婆婆说："去问你妈。你妈病病歪歪的，不许让你妈着急上火！"婆婆的话，让我心里一阵感动，看来婆婆对孩子的教育，也有反思。

躺在炕上，想起我妈辛辛苦苦为我忙活了数天，连面都没见着，就匆匆赶回家忙农活，我心里不忍，赶紧拨通了娘家的电话："妈，我出院回家了，让您受累了！你咋不见我一面就走了？"妈妈在电话里有些尴尬地说："对不住呀闺女。前些日子农活太忙实在走不开，正好你婆婆来电话说，她想去照顾你。"听了母亲的话，我愣在了那里，将疑惑的目光投向丈夫。丈夫不好意思地小声说："是我妈怕你赌气，才让我撒了谎，我……"

我慌忙起身走到厨房，一把抱住洗碗的婆婆说：妈，辛苦您了……

字　条

　　这一天,高方去遥远的A城打工。他上了火车,看见一排双人座位上只坐着一位姑娘。高方指指空位置问:"小姐,这里有人坐吗?"那姑娘手里正拿着一本书专心致志地看着,头也没抬说:"没人坐!"高方就坐了下来。他看着姑娘,不禁想:"她真是太漂亮了,飘逸的秀发,姣好的面容,精致的五官,如葱的手指。若是能做我老婆该多好啊!"高方由于昨晚没睡好,眼皮儿直打架,只好闭着眼睛打盹。

　　不知过了多少时间,一个列车员过来叫:"江南站到了,江南站到了,旅客们不要睡觉,不要睡觉。"高方迷迷糊糊地睁开双眼,他看到坐在旁边的姑娘已经下车了。高方责怪自己:"我怎么不问她姓名住址呢?向她要个电话也好啊!"高方看到姑娘坐过的位置上,有一个小纸团,就拿过来看。纸团上写着姓名、地址和邮编。高方想:"难道这叫梁玉的姑娘看上我了,还给我留了地址,为什么不当面和我说呢?对了,姑娘是害羞的。这姑娘叫梁玉,一个很有诗意的名字。"

　　高方到达A城,找到工作。

　　一天晚上,他回到宿舍,想起了纸条的事情。高方想:"这姑娘给我留情了,我不能辜负了她的一番心意啊!"他坐下来,写了一封热情洋溢的情书,第二天就用挂号信寄了出去。

　　没过多久,高方就收到了梁玉的回信,信中对高方充满了爱意,而且对高方十分关心,劝他工作上要有度,不要太劳累了。说得很实在,很合高方的心意。

就这样通信了半年,高方和梁玉爱意绵绵,到了谈婚论嫁的地步了。高方说:"爱你一万年。"梁玉说:"爱你地老天荒海枯石烂心不变。"他们商议一个月后,在高方打工的A城见面。

一个月后的一天,高方在理发室洗了个头,又穿上一套刚买的新西服,前往火车站出站口等梁玉。

高方从早上等到中午,又从中午等到下午,车一班又一班都过去好几班了,还不见梁玉出来。高方焦急地等着,想:"梁玉难道不来了,会不会出了事情?"这时一个长发披肩的姑娘走了过去,很像梁玉,高方追上去,喊:"梁玉,梁玉!"他跑到姑娘前面,一看又不是,很是失望。

"我就是梁玉,我就是梁玉!"一个30余岁秃顶的男子正朝他喊。高方看这个男子也在这里等了半天了,不知在等谁。高方看了他,说:"你是梁玉,不会吧!"那男子说:"我真的是梁玉,你不会是高方吧?你怎么会是个男的?"那个叫梁玉的男人说。高方说:"我还问你呢?你怎么也是男的。""哦,"梁玉说,"我明白了,我明白了。你想想,半年前坐火车你身边是不是坐了个十分漂亮的姑娘?"高方说:"对的,千真万确,你怎么知道得这样清楚啊?""而且,你还捡了一个纸团。"梁玉说,"这个纸团其实是我写的!当时我就坐在她那个位置对面,我对这个姑娘一见钟情,因为我先一站下车而姑娘还没有下车,就匆匆写了一张纸条塞给那个姑娘。没想到,这纸条姑娘没有拿走,反而落到了你的手里。"

高方恍然大悟,哭笑不得。

期　盼

　　我一岁多时,母亲就去世了,所以在我的记忆中,根本没有母亲的印象。我想知道母亲是什么样子的,就问奶奶,奶奶说:"你母亲长得很漂亮,跟悦悦的妈一个样。"从此,我常常对着悦悦的妈出神,望着她,就像望着我的妈妈。

　　我叫悦悦的妈三姑,其实她不是我的亲三姑,只是同村人,大家都习惯叫得亲热一些。三姑对悦悦很好,帮悦悦编辫子,扎蝴蝶结,漂亮极了。我说:"三姑,你也帮我编辫子,扎蝴蝶结,好吗?"三姑说:"我现在没有空,过两天吧。"我以为三姑过两天真的会帮我编辫子,扎蝴蝶结,就准备好扎蝴蝶结用的花布条,可是两个月过去了,我的头上依然只有一头乱发,这令我更加羡慕悦悦。

　　我差不多天天到悦悦家去玩。她家院子里有一棵红枣树,红枣还没有熟,悦悦就邀我偷红枣吃。我说:"我不敢,我怕你妈打。"悦悦说:"我妈不在家。"我说:"你妈不在家我也怕。"悦悦嫌我胆子小,就自己偷红枣。红枣树上有很多刺,悦悦上不去,就用棍子打,正打得起劲,三姑就回来了。三姑气得破口大骂,揪住悦悦,举起巴掌就打。我想,这回悦悦苦了,谁知,三姑的手掌举得高高的,落下来却轻轻的,印在悦悦的脸上简直就是抚摸。悦悦丢下竹棍,嘻嘻哈哈地笑着跑了。

　　那一晚,我做了一个梦,梦见三姑也像打悦悦一样,轻轻地打我。她的手掌那么软,那么温柔。

第二天,我也像悦悦那样,用棍子打她家的红枣树。打了三四下,三姑就从屋里出来了,她大骂:"小畜生,你竟敢偷我的红枣!"我扔掉棍子,站着不动,等三姑来捉我。三姑抓住我,又高高地举起巴掌。我闭上眼睛,等待她的巴掌轻轻地印在我的脸上。可是,我听到啪的一声脆响,左边脸又辣又痛,嘴里又咸又甜,吐一口到地上,竟是红红的鲜血。

三姑的一巴掌,使我一下子长大了,从此,我再也不做渴望母爱的白日梦。

母 爱

那天,我带母亲去医院看病,要打针,吊四瓶点滴。打针的人真不少,注射室里几乎座无虚席。医生插好针头,就叫我和母亲到走廊去。走廊里贴墙放着两排椅子,我把药瓶挂在高处,让母亲坐在椅子上。

在我们对面的椅子上,坐着一位农村妇女,年近四十,也可能只有二十多岁,因为她的脸黑黑的,皮肤也粗糙,很难估计年龄。女人不但脸黑,长得也不好看,尤其是嘴巴,龅牙、嘴唇太短,即使闭着嘴,也总有两颗牙齿露在外面。她怀里抱着一个小男孩,白白胖胖的。我想,这么黑的母亲,竟能生下这么白的孩子,真是奇迹。孩子最多只有一岁,还没学会说话,但会哭会笑。这对母子也在打点滴,药瓶连着管子,管子连着针头,针头插在小男孩的额

角。因为小孩手上的血管不显眼,医生常在小孩的额头上打针。

我和母亲坐下一会儿,小男孩就哇哇直哭,还使劲挣扎。女人一边用手护着小孩头上的针头,一边把嘴凑近孩子的脸,叽叽咕咕地逗孩子玩。我正担心她吓着孩子,那孩子却咯咯地笑了,还抬起小胖脚,兴奋地拍打椅子。也许在这个小孩子的眼里,母亲的叽叽咕咕,就是世上最动听的声音,母亲唇短牙露的模样,就是人间最美的容貌。

小男孩一兴奋,就往母亲的怀里拱。女人撩起衣服,大大方方地给儿子喂奶。她边喂孩子边喊:"医生,药水吊完了。"一个护士过来,给小孩换了一瓶药水,忽然惊叫:"不准在这里小便!"原来小家伙一边吃奶一边撒尿呢。女人毫不迟疑地一伸手,用手掌接住儿子的尿。护士把远处的痰盂踢过来,女人接满一手,倒到痰盂里。

快下班时,母亲才滴完一瓶。我要回家接女儿放学,就把母亲托付给护士,又叮嘱母亲:"有事你就喊医生,我尽量快点来。"

等我重新回到医院时,对面那个乡下妇女和她的孩子已经走了。我问母亲刚才有什么事吗,母亲说:"没什么事,就是上了一次厕所。"我问母亲是怎么上厕所的,母亲说:"对面那个小孩刚好滴完,那位大姐就一手抱着孩子一手帮我提药瓶,陪我去厕所。"

注射室和走廊里都有许多两手空空的人,没想到关键时候帮助母亲的,却是这位抱着孩子的女人。我问母亲她是哪里人。母亲说:"她是长坪人。"长坪是全县最偏僻的一个乡,在大山里。我又问:"她叫什么名字?"母亲说:"不知道,她没说。"

女人坐过的椅子上,有一处湿漉漉的,那是从她的指缝和手掌边沿漏下的儿子的尿液。别的母亲,也是这样照顾儿女的吧?可惜我们长大后,很少记得母亲伸手接尿这个感人的动作。

占　座

　　坐火车出远门,谁愿意一路打"站"票?瞧,T18列车还没停稳,满站台的旅客就如潮水般涌了上去,将车门围了个水泄不通。谁不想先登车抢个座儿?

　　得想个招儿,我踱到敞开的车窗前,拍拍伤腿,求里面的旅客给占个座位。一位中年妇女发了慈悲,伸手接过我的挎包。我身后响起厉声的质问:"不走车门走窗户,是人行道吗?没看人家老太太都在排队!"

　　坏了,让列车员逮住了!回头一瞧,竟是同事邢侠。我俩都替一家公司打工,常天南地北地跑。邢侠也乐了:"是你呀瘸腿猫,能出门找食了?"三个月前,我在街上被摩托车撞断腿,多亏他背我上医院,端屎端尿忙活了一阵子,把一大单生意也给撂黄了。公司老总大会批小会点,还扣了他奖金。我发工资后要给邢侠补上,他急了:"你这是骂我!腿还瘸着就找揍哇?"没想腿好第一次跑业务,就碰上这"冤家"。

　　等我进车厢坐下,车厢已座无虚席,几个旅客打了"站票"。对面的双人座位上,一个穿白色连衣裙的姑娘半躺半卧,手捧《健与美》杂志,耳朵听着MP3,染着鲜红甲油的嫩脚趾有节奏地敲着座位。那长相、身段都挺像章子怡,让人心猿意马。

　　"您好,这座位有人么?"我问姑娘,是想给邢侠找个座。他这人从不扎堆挤车,嫌和老弱病残争座硌碜,没座就往洗脸间蹲,

说那儿"看书清静,洗脸解手方便",夸得跟标准间似的。

"有人,上厕所了!"姑娘明眸冲我一闪,银铃般的声音悦耳动听。

我猜,那上厕所的人许是她的男友。唉,有这么漂亮的女友,好令人羡慕!耳旁又响起颤颤巍巍的声音:"闺女,这块儿有人么?""有人,上厕所了。"姑娘头也没抬,长长的睫毛冲书本忽闪了几下。

我回过头,一位白发苍苍的老大娘拎个大包袱,领着个五六岁的小妮子站在过道上。她赔着笑脸央告姑娘:"闺女,让我们先坐一会儿,行不?"

不知姑娘听没听见,没吭声。《健与美》的大封面把脸遮得挺严实。老太太叹了口气,扶着小姑娘一步三晃地走向车门,晃得我心里一动:要不,让老太太坐我这儿?想归想,我仍坐着,毕竟有十个小时的车程,这伤腿难熬呀。

列车启动了。头顶上,播音喇叭响起《我爱你的心灵美》的旋律。邢侠背着重重的挎包悄悄闪进了车厢。他扫视着座位,冲我对面的姑娘点点头:"您好,这座位没人吧?"

"有人,上厕所了!"大概再三惊她的驾,她颇不耐烦地瞥了邢侠一眼。

邢侠笑着还想搭话,那姑娘扭身给了他个后脊梁。邢侠微笑的脸变得尴尬,由尴尬又显出无奈。他摸摸脑袋,走进车厢前部。没一会儿,他又折回来,穿过我身边,向车厢后部走去。我心里纳闷:这哥哥今儿"晕"了?满头大汗地乱窜找座。明摆着列车满员,你不白忙活?

没一会儿邢侠回来了,他一本正经地冲姑娘说:"您好,两边厕所我都去了——都锁着。你也知道,列车进站和出站前列车员不开厕所的！那您那位跑哪儿去了？失踪了？要不要跟列车长说说？"

旁边的旅客先是一愣，继而发出窃笑。大概是谎话被揭穿，姑娘脸一红，波浪长发一甩，嘴里迸出粗话："狗拿耗子多管闲事，我占座你管得着吗？"我一惊，仿佛心爱的一件艺术品摔碎了。

"要是您家炕头，随您怎么躺。但这是列车，女公民，您买了几张票？"邢侠把身上的挎包往座位上不客气地猛一掷。这一掷不要紧，她那双脚像触电般缩回一大截。

座位争下了，邢侠该消停了吧？他没坐下，转身又走了。他今儿是怎么了？为了找座，居然跟位漂亮姑娘较起真儿来了。就算她说谎图舒服多占座，好男还不和女斗呢。

这时，只见邢侠搀着刚才问座的老大娘，抱着小妮子慢慢走过来。那姑娘慌忙将双脚从座位上放下来。邢侠绅士般地道了声"谢谢"。帮他安顿好大娘，我再也坐不住，把倚在老太太身边的小妮子抱到我的座位上，在《我爱你的心灵美》的旋律中，和邢侠一起向洗脸"雅间"走去。

遗　愿

父亲因腹痛难忍进医院急诊，B超显示是急性阑尾炎，肠腔上还有一个直径4厘米的不明包块，医生怀疑这个包块是癌。"如果在阑尾手术中，病人因其他病灶的影响而死在手术台上，

本院不承担医疗责任。同意的话,请你们在手术单上签字。"

"你们"是指大哥和我。医生的话让大哥的脸"唰"地变白,手术单在他手中瑟瑟地抖动。他把目光投向我,突然的灾难让他的脸上充满同舟共济的企盼。他问,二子,你看呢?

"签就签呗!"我漠然地说。我甚至还打了一个哈欠,不耐烦地说,"昨晚我打了通宵的麻将,太困了,想早点回家,手术时你就一个人待在这儿吧!"

我想,既然没有大祸临头的感觉,何必要虚张声势地悲伤。大哥最终还是忍住了愤怒,在手术单上赌博一样谨慎地写下了自己的名字。

我的冷血是存心的,因为我对父亲有着深深的不满。父亲原来是一名工人,45岁那年他病退回家,让与我同班读书的大哥辍学"顶替"。大哥比我大一岁,我俩的成绩不相上下,都是班上的尖子生。可那时家里穷,父亲怕我俩都考上供不起,于是决定让大哥回来"顶替"。

就这样,我和大哥开始了不同的人生。大哥进厂不久,厂里更新了机器设备,他的工作只是坐在电脑监控室里按电钮,轻松自在,养得白白胖胖,并按部就班地娶了妻,生了子,节假日一家三口共用一辆摩托车,像一串幸福的糖葫芦在大街小巷兜风,活得好不滋润。而我这个世纪末的大学生却赶上不包分配,在一个又一个人才市场里兜兜转转了两年,赔尽了笑脸,仍然没能把自己推销出去,个中辛酸,一言难尽。正是我们兄弟俩截然不同的生活境况让我开始憎恨父亲,他明知我自幼体弱多病,为什么不以保险起见让我"顶替"呢?既然父亲把他的爱以最实惠的方式给了大哥一个人,那么就让大哥一个人来承担养老送终的义务吧!我虽然冷血却不矫情,言为心声是我最大的优点。所以我说要回家睡觉。

"请你们帮着把病人抬上手术床。"医生对我们说。我只好跟着大哥来到父亲的病房。病床上的父亲已被自己的汗水淋湿,扭曲的表情昭示着体内的疼痛正像风暴一样肆虐。生命在这一刻显得无比脆弱,大哥终于坚持不住,眼睛漾出红红的雾气,这份柔情有悖于他一贯的钢铁个性。父亲瞬间明白了自己的病情,他忽然想起什么来,吃力地叮嘱大哥:"假如我万一就这么走了,你只能给我立一根孝子棒(我们的风俗,一个儿子立一根),写上你的名字……"

"为什么?"大哥吃惊地问。我也对父亲的"遗言"感到不满。到死还偏心眼儿,这不是变相地骂我不孝,不认我这个儿子嘛!

"因为二子是我捡来的孩子,我得把这个权利留给他的亲生父母,万一他们以后有机会相认,我可不能昧了良心……"父亲说着又把眼光移到我脸上,"二子到现在还没找到工作,我实在不放心,谁会料到大学生就业这么难。那时让他多读书,我是想不能亏待了人家的孩子……二子啊,你别怨爸,爸就这点儿能耐。往后,让大哥多照顾着点儿——大明,记着我的话,对弟弟要多帮衬,啊。"父亲艰难地说完这些,汗水已几乎将他淹没。他疼爱的目光久久地停在我脸上,眼眶里溢出浑浊的泪珠。而他对我二十多年的疼爱却得不到回报,他要把写有我的名字的孝子棒给别人——为了良心。

我的身世让我震惊。

我的狭隘让我羞愧。

我的灵魂被父亲的良心打了一记响亮的耳光!

我没有离开医院,直至手术结束。医生告诉我们,"不明包块"原来是肠腔积液,真是虚惊一场。

而我已像乌鸦反哺一样,给父亲喂饭。我的良心会背负如山的父爱,走过今生。

忙　碌

昨日出游耽搁了,借宿在姐姐家。事先,姐夫已申明过,在他家没有懒觉睡。姐夫是做小生意的,起得早很正常。我当时就笑笑,表示理解。不想他半夜就起来了,起床的动作轻轻的,丝毫没有吵醒我的意思,可我还是醒了。我看了一下手表,才三点多。

姐夫出去后,屋外传来轻微的器具碰撞声。我知道,他们开始忙活起来了。我也不好意思再赖在被窝里了,便翻身起来。

已是初冬时分,屋外寒气逼人。天上下着蒙蒙细雨,他们正在把东西往三轮车上装。他们摆的是小吃摊,东西很多,如炉子、桌椅、盆罐之类的,要运到很远的闹市区路口去。姐姐的头发被雨打湿了,紧贴在额上,但她似乎也觉察不到,更不觉得冷,在雨中穿来穿去,忙个不停。我搓了搓两只冻得瑟瑟缩缩的手,轻轻地问:"姐,需要我帮忙吗?"

"你起来做什么?"她似乎这才注意到我。这时,姐夫说了一声:"好了,出发。""我也去。""你去做什么,天冷,睡觉去!"姐姐的话语近乎命令,但我执意要去,她便再未拦我。姐夫推出一辆自行车,我骑上,跟在他们的后面,出发了。

这一路并不好走,陈街破巷被凄迷的雨雾和街灯延绵得老长、老长,仿佛永远也走不到尽头。路面已有积水,左一洼、右一洼,映着昏黄的灯光,仿佛少女含羞的脸庞刚刚褪去红晕,白一阵、黄一阵,不知如何是好。姐夫缓缓地蹬着三轮车,一下一下,很是吃力,姐姐在后面紧紧跟着,一步一步地推,稍不小心便会踩进水洼里。我一声不吭地推着自行车,任凭溅起的浊水点上我的衣裤。

　　巷子拐了个弯,路稍稍好走了些。姐姐这才舒了口气,见我没有骑自行车,又埋怨起来:"怎么了你?看,裤子都脏了。"其实她的裤子比我的要脏得多。我没有作声,只是略略抬了抬头,望了一眼前方。

　　前方除了灯光还是灯光,除了雨雾还是雨雾。街上半个人影也看不到,除了偶尔闪过一两只夜行汽车的眼睛。我不由得问姐姐:"赶这么早,会有生意吗?"姐姐苦笑,"哪会有什么生意?不过跟人家抢地盘罢了。"原来姐姐的摊位是固定在那个街口的,但不知从何时起又来了一对下岗夫妇,说城管也同意他们在那边设摊。于是双方就吵了起来,城管也没办法,只能约定,每天谁先到地盘就归谁。从此双方就开始了这样的"拉锯战"。

　　好不容易到了那个街口。天虽然很黑,但起早的生意人都陆陆续续赶来了,有的摊子防雨篷都支好了,有的还在忙碌着。幸好,姐姐他们的地盘还没被"占领"。姐夫迅速地跳下三轮车,从车里抖出一块油毡布,与姐姐一起,三下两下,便将防雨篷搭好了,把我这个外行看得直瞪眼。接着,他们又忙碌起来,桌子、椅子、炉子等件件卸下,又一件件摆放好,一切动作都是飞快的,仿佛是搞什么竞赛似的。而我却只能愣愣地站着,不知该怎样才能帮上他们的忙。

　　等到他们收拾妥当,我才发现我去帮忙实在是多余,他们配合得那样默契,我又何苦去"画蛇添足"呢?姐姐招呼了我一声,

问我冷不冷。我冷,大清早起来,又淋了这么多雨,哪能不冷?但我不能说,也不会说。不光是我冷,姐姐、姐夫还有许许多多夜半起床的人,他们都冷,他们说冷了吗?我的鼻子发酸,有点想哭。我咬了咬牙:"不冷!"

就在这时,姐姐拽了拽我的衣袖,说,你看。我随她的目光望去,在街的对面,一对中年夫妇正拨弄着一辆相似的三轮车,车子慢慢地掉过头,悄悄地隐没在烟雨迷蒙、灯火阑珊的地方。我心里泛起一阵莫名的难受,"是他们吗?"姐姐点点头,没有说话。我知道,她的心里也不好受,却也无可奈何。

我在椅子上小睡了会儿,醒来的时候街上行人依然很少,不过汽车多了起来,发动机的轰鸣、汽笛的呜咽越来越响,越来越"雄浑"了,这座年迈的城市渐渐地从睡梦中醒来。由于是雨天,姐姐的小吃生意很清淡。姐姐似乎很有耐心,安详地坐着、等着。我却坐不住了,看了看表,也该走了。

"姐,我走了。"姐姐站起身来,恋恋地看了我一眼,"有空常来玩。""一定。有空你也到我那边去,别忙坏了身体……"后面的话就没再说下去,因为我知道,此时任何的话语都只是一种形式,说多了反而有点自欺欺人。真的会有"有空"的那一天吗?

我抬头看了看微亮的天空与蒙蒙的雨雾,匆匆向车站走去……

爬　墙

瓜子脸，柳叶眉下是一双水汪汪的杏眼，亭亭玉立的身材，杨絮是天生的美女。遗憾的是红颜福薄，而立之年的她，老公病逝，她欠下了一身债，和一对年幼的儿女相依为命。

伤心过后的杨絮像一颗熟透的水蜜桃，静静地绽放于那梨树围绕的小院里。那窈窕的身影，明眸的杏眼，牵住多少欲望的目光，一朵盛开的鲜花，自然招引狂蜂浪蝶。

年轻的黑子自诩男子汉气概十足，趁一个月朗星稀的春夜，悄悄地爬上梨花掩映的土墙，欲与杨絮"亲密接触"。冷不防，一盆洗脚水迎头浇下，黑子被淋成了落汤鸡，浑身馊味。黑子跳进刺骨的梅溪里洗净全身。心有余悸的黑子，说杨絮是朵带刺的玫瑰。

"当真如此？"有人不信，问。

"不信，你可以试呀。"黑子不悦地说。

又有几位男人欲蟾宫折桂，不过，谁也没有爬过那道梨花掩映的土墙。

华子是个憨厚的小伙子，他的田与杨絮相邻。他见杨絮不会犁耙活，自家购有耕整机出租的华子，往往没待杨絮开口，便在耕完自家的田后把机子开进杨絮的田，犁机滚得泥浆横流，水平如镜。杨絮心里热热的，时间长了，杨絮总想做点什么回报华子。

杨絮给华子做媒，姑娘是远房的堂妹，胖胖的肤色白净得就

连灯草都能划出血。交往数回,堂妹颇有微词,嫌华子木讷不解风情。杨絮对堂妹说:"憨厚的小伙子才靠得住,会体贴人会过日子。"堂妹默许。华子却嫌她太胖。杨絮说:"胖,说明身体好,找个风吹得倒的瘦妹子,吃不得苦,累死你。"华子仍挑三拣四地说不谈。杨絮不气馁,接连给他介绍了几个姑娘,结果都没戏,不是姑娘不愿意,而是华子太挑剔。杨絮摸不透,问:"你是要找位仙女才行?"华子嘿嘿地笑,热辣辣地望着杨絮,脸腾地红了。杨絮忽地悟到,脸上飞出一团红晕,似有一条神秘的小溪从心底溢出,温暖而又甜蜜。华子比自己小,又是处男,而自己已是两个孩子的妈妈。杨絮黯然,可不知咋的,那个憨憨的身影不时闯入杨絮的梦境。

　　无数个夜晚,院墙外传来华子咚咚的脚步声,似一首激昂的歌,走到墙边,戛然而止,静寂无声。墙内的杨絮似乎能听见墙那边华子粗重的呼吸声。杨絮的心怦怦地似擂鼓,她多想打开那扇木门,扑入那宽阔的胸膛叙说相思之情,可理智的港湾围绕那躁动的心。许久,华子咚咚地离去。杨絮慌慌地端条凳站上,透过梨树掩映的土墙,那个魂牵梦绕熟悉的身影渐渐远去。

　　华子跟黑子干了一架狠的。村民弄不明白,憨憨的华子,那天像发怒的雄狮,一向逞强斗狠的黑子被殴伤。

　　杨絮不懂,问华子:"你为何跟黑子打架?"

　　华子恨恨地说:"他不该说你的坏话。"

　　"吃不着葡萄都说酸。身正不怕影子歪,你没有必要这样捍卫我。"

　　"你不懂我的心。"华子怨恨地离去。

　　傻华子,世上只有藤缠树,难道要我去捅破那层薄薄的窗户纸……不害臊,想哪里去了,杨絮的脸,忽地似火烧。

杨絮天天在梅溪洗衣洗被。

村民问杨絮:"又不是过年过节,咋这么勤快呀?"

"准备出去打工。"杨絮笑着说:"儿女的学费越来越贵,单靠种田哪供得起呀。"这话在理。

那天,杨絮搂着衣服去梅溪洗。刚走出院门,被华子挡住,他问:"你为何要去打工?"

"我为何不该外出打工?"杨絮杏眼一眨一眨地望着华子微笑诘问。

"可是……"不善言辞的华子被问住了。华子双眼布满血丝,眼袋呈暗青色,那是整夜未眠的结果。杨絮心知肚明,羞涩地说:"有好多男人想爬过我家那道梨树掩映的土墙,被我弄得狼狈而归。我盼望的人,他只会在墙下徘徊。"

"我如果敢爬呢?"华子抬起头,火辣辣地盯住杨絮问。

"你敢吗?"杨絮杏眼含情,粉脸生春,柔柔地盯着华子说。

那道梨树掩映的土墙哟……

珍　爱

女人入洞房那天,早早收起了自己的鞋,等男人脱鞋上炕,女人却双脚踩在男人的鞋上。男人见了,"嘿嘿"笑着说,还挺迷信。女人却认真地说,俺娘说了,踩了男人的鞋,一辈子不受男人的气。男人说,俺娘也说了,女人踩了男人的鞋,那是一辈子要跟男人吃苦受罪的。

女人开始试探着管男人,先从生活小事儿开始,支使男人端尿盆倒尿罐,男人全干了。地里的庄稼女人说种啥,男人就种啥。左邻右舍女人说跟谁走近点跟谁走近点,男人全听女人的。男人正跟人闲侃,女人一声喊,男人像被牵了鼻子的牛,乖乖就回去了。男人正跟人喝酒,女人上前只拽一下耳朵,就被拽进家。有人激男人,这女人三天不打,她就上房揭瓦。你也算个男人,怎能让女人管得没有一点男人的气概?若是我的女人,非扇她两鞋底不可。男人不紧不慢地说:把你的女人叫来,我也舍得扇她两鞋底子。那人急了,你懂得好赖话不?上辈子老和尚托生的,没见过女人! 真不像你爹的种! 怕老婆!

　　村里人再有大事商量,男人一出场,人们就说,这商量大事你也做不了主,还是把你家女人请来吧。男人还真把女人叫来了。

　　女人能管住男人觉着很得意,直到有一天女人在男人耳边说起了婆婆的不是。男人红了眼,一声吼,想知道我为啥不打你吗?就因为我老娘。我娘一辈子不容易,我爹脾气暴躁,稍有不顺心,张口就骂举手就打,我爹打断过胳膊粗的棍子,打散过椅子。我娘为了我们几个孩子,竟熬了一辈子。每次见娘挨打,我都发誓,我娶了女人决不捅她一指头。不是我怕你,是我忘不了我老娘说的话,她说女人是被男人疼的,不是被男人打的。

　　女人惊呆了,她没想到男人的胸怀竟这样宽广。

　　男人在外再同人神聊海喝,女人不喊也不再拽耳朵,有时会端碗水递给男人。有人问男人,咋调教的?男人却一本正经地说:打出来的女人嘴服,疼出来的女人心服。

债　主

　　郑强十分聪慧,但高中毕业未能考上大学,到外地打工,又吃不得苦,无奈,只好投奔时任东佳集团总经理的大伯。郑强认为当总经理的大伯为侄儿谋个一官半职,找个干活少、挣钱多的差使,应该是小事一桩。

　　中午下班,大伯听说侄儿来了,特地赶回家共进午餐。郑强见大伯一家忙得风风火火,上酒上菜,边吃边喝、边聊天拉家常,伯父伯母问这问那,还连连叫他吃酒吃菜,一家人的盛情,使得郑强很不好意思。

　　饭后,伯父问郑强:"来大伯这儿,有事吗?"

　　郑强回答:"大伯,我书不读了,父亲又不在人世,想找您安排一点事做做。"

　　不料伯父和蔼的面容突然变得严肃,他说:"侄儿啊,找我安排工作,你除能认得几个 A、B、C 的字母,还能干什么? 你还是回去照顾你母亲吧。"说罢,大伯再也没有其他言语,当即乘专车走了。

　　郑强见大伯不帮他,只得无助地拖着灌铅的双腿回到家。

　　妈妈看到回来的儿子,疲劳的眼神顿时亮了许多,他为儿子的前程喜出望外。

　　妈妈问:"孩子,大伯咋说的?"

　　郑强张不开嘴,满眼的泪水,夺眶而出。

　　妈妈感到被人迎头泼了一盆冷水,不由得打了寒战。希望的

风筝断线了。

霜前冷、雪后寒，郑强品尝过岁月艰辛、世态炎凉的滋味，决心全身心地自主创业。他四处找贷款，哪知人家看他白手起家，怕借的钱打水漂，都不肯贷给他，真是叫天天不应，叫地地不灵。后来，天无绝人之路，邻村一个经商的好心人竟找上门来，主动提出贷给他 10 万元。郑强感激得紧握那人的手不放，发誓说：叔叔，我会努力的。一定连本带利还您！他利用农村的原料，搞食用菌栽培、开发及研究。

他认准食用菌的前景，百折不挠。

五年后，郑强终于创业成功，自学大专函授毕业，被市委授予民营企业"专家"称号。

郑强大学毕业、创业出成果的喜讯，迅速传遍了左邻右舍。长辈、平辈、同学纷纷上门祝贺，络绎不绝。消息传到大伯的耳朵里，大伯随手回书。

郑强侄儿：听说你函大毕业，苦干有成，被授予民营"专家"称号，我甚为高兴。我全家向你表示祝贺。有知识，才能改变命运，成就未来，才能有竞争力。其余不多说了，如果当时我不用激将法，只仁慈地给你一个饭碗，你就不会奋发读书与艰苦创业，也就不会有今天的成就。

郑强看信后，不屑一顾地把信丢在一边……

一天，他带上钱，找到当年创业时主动借钱给他的债主，把 10 万借款连本带利还给人家。哪知债主笑着推辞："你不用还我钱，那钱不是我的。"

原来，那钱是大伯暗中资助他的。

郑强这才明白：大伯当初不帮他安排工作，是为了激励他读书、创业。他回到家中，把大伯的信，恭恭敬敬地珍藏了起来。

党　龄

下午两点半,下着细雨,天阴得有点发冷。我刚打开办公室的门,他也跟进来了。我沏了一杯茶坐定,喝茶,没理他。

他没有像以往一样,毫不客气地在沙发上坐下来,而是局促地站在屋子中间,哆嗦着。我叫他坐,他也不坐。

他姓李,70多岁了,是上访专业户,我们都叫他李老头。办公室的人陆陆续续地来上班了,看见他,都乐了,都说,李老头,又从北京回来了呀？见到某某了吗？

某某指的是中央的一个大人物。

他说,回来了。又给每个人都敬上烟。

抽的是大中华。老头今天有喜事了？

我不问,其他人也不问,都去忙自己的事,把老头一个人撂在屋中间。他有话自然会说。

他果然就说了,他说,解决了,我的问题解决了。

我们都将头抬了起来,你看看我,我看看你,随后又一齐看着李老头。

老头高兴了,自个儿搬了个凳子,坐了下来,猛吸了一口烟,说,解决了,我的问题解决了。

我说,这么说,他们认定你是1940年入党的了？

老头说,不,他们说我是1949年入党的。

一屋子的人都笑了起来,几个人差点笑出了眼泪。

只有老头不笑,像看着怪物一样看着我们。我们也像看着怪物一样看着他。

李老头真是个怪物。就为到底是哪一年入党的问题,十几年来,他一直在上访。本来,不管是1940年还是1949年入党的,他都享受离休待遇。可是他固执得很,死认定自己是1940年入的党,十几年里,他跑广州跑北京,几年工资都倒贴进去了。这一次,他去北京,是去找一个和自己一起出生入死的战友。李老头说,是真金,就不怕烈火烧。

我对他说,这么说,李老头,这一次你没有找到你那位战友?

不,找到了。老头说,他也说我是1940年入的党,我确实是1940年入的党。就是那一年,日本鬼子的炸弹炸伤了我的左腿。老头说着就卷起他的裤腿,把那一个碗口大的疤指给我们看。

老头的固执劲又来了。屋子里的几个人又都笑了起来。按惯例,老头接下来会呈上他那一摞厚厚的材料。那一摞材料里有上至中央下至村委会的公章,老头每到一个地方申诉,就一定叫人家盖上公章,明明那公章一点儿也不管用,可老头信它。那一摞材料里,就有我亲自给他盖上的十九个公章。我拿出公章来,准备给他盖上第二十个公章。

可这次老头没带材料来,见我们都笑,老头张开的嘴又闭上了。

我说,李老头呀,你这次来,到底想干什么呀?

老头搓搓手,说,嘿,我要干什么呀?突然又说,你们都是党员吧?

办公室里几个年轻小伙子打趣道,李老头,党员又有什么用呀?你还是先弄清自己是哪一年入党的吧。

老头激动了起来,满脸通红,牙齿咬得格格响。他大声说,我告诉你,小子,我是1940年入党的,我是老党员了。入党没用,干啥有用?你说说,你说说。泡歌厅、包二奶,这些就有用了吗?你们这些人,还是共产党员吗?

老头几乎要跳起来了。他说,我这次去北京,我那位战友死了,他死了,我突然想开了,他干了一辈子革命,死了还将遗体捐献给国家,我还在哪一年入党的问题上争什么,我还算个共产党员吗?!老头突然"啪"的一巴掌打在自己脸上。

清脆的一巴掌,像打在办公室每个人的脸上。大家都不说话,老头脸色发紫,我脱下一件衣服,披在他身上。

我的心里,流着长长的泪。

交 易

当我把我和王新的关系告诉父亲时,我以为父亲会像一颗引爆的炸弹,但父亲的平静让我有些惶恐不安,我不敢直视父亲那双像镰刀一样锋利的弯眼睛,那一瞬间,父亲的眼睛,就像藏在深洞里的两支蜡烛,飘忽不定。

其实,我和王新谈恋爱,纯属偶然……

记得那天,天气很冷但天空很蓝,几片白云像薄纱似的平贴着天空。我骑着父亲给我买的新摩托车下班,心情就像环绕着小镇的乌河,清清的河水,呼啦啦地欢腾着。父亲在这个小镇上做了近十年的干部,拥有很高的威望,去年毫无意外地晋升为镇委书记。干练果敢的父亲,就像一株蓬勃在春天里的洋槐树,长满

了嫩绿的、生机盎然的叶子。我是家中的独女,是父亲最疼的心头肉,虽然念的是三流大学,但因为父亲,我顺利地得到了一个公办教师的名额,分到了离家只要二十分钟车程的小学任教。从学校回到镇上的家,经过一条两旁是青纱帐般的甘蔗林的小路,冬天的冷风轻轻地掠过,沙沙的骚动从葱郁的蔗林里一浪追一浪地涌来。我像往常一样,以最慢的车速,享受着在冷风下,蔗林里扑面而来的热情……

突然"噗吱"一声,我的新摩托车像个耍性子的小孩,前轮激烈地摇摆,我连人带车摔了下来。我摸着发痛的膝盖爬起来,原来是前轮胎扎进了一枚长长的铁钉。真该死!这地方怎么会有铁钉,而且还是新的!

我懊恼地站在风中,天色逐渐暗淡,看着庞大沉重的摩托车,我不知所措。

你好,有什么要帮忙的吗?

一阵嘶哑的男声随着寒风扑过来,我始料不及,心里满是惊喜,就像在沙漠里,看见突然冒出的清泉……宽松的运动外套下,包裹着高瘦的个子,这就是王新的出场,在我毫无准备,手足无措的时候。

我跟在王新的身后,王新推着我那受伤的摩托车,虽然寒风凛冽地拂来,但王新的额头上还是冒出了密密的汗珠。我第一次细细地打量一个男人的侧面,我承认这不是一张出色的脸,但他的帮忙让我心存感激。从此,二十多分钟的路程走得越来越久,因为王新总会在蔗林的路口等着我……每个不用上班的周末,乌河边那最大的老槐树下,是我和王新约会的地方。我常常像贼一样在掌灯时分溜出去,我不敢想象父亲知道会是如何的震怒。

王新是镇上电视站的合同小电工,家境更不值得一提。爱情让我忘记了父亲的挑剔,迷迷糊糊地堕入了王新的臂弯里,王新有力的胳膊箍住了我的世界,当那种如山崩,如地裂,如大厦将倾,天地为之昏暗的感觉疯狂袭来时,我交给王新的心变成了扭在一起的麻绳,已经扯不开了。于是我决定告诉父亲。

父亲沉默了。

爸,我们想尽快把婚事定了。

父亲还是沉默。

先等等吧!父亲终于开口。

我终于松了口气。

我迫不及待地把这个消息告诉了王新,王新一阵令人眩晕的拥抱把我溶化了,当天地恢复了平静后,王新说,我有件事想问你,听说县电视局要分配给每个镇一个有线电视安装工的名额。

……我摇摇头。

你爸是镇委书记,你没听说吗?

我耸耸肩,继续摇摇头。

听说决定权在你爸手里。

……

王新热切的眼神让我无力抵抗,我决定和父亲说说。

为了心爱的人,这是我第一次求父亲,父亲凝着脸,有一种东西从父亲的眼中、唇边掠过,这种感觉挤压着我,让我的心慌得厉害……

你真的要这样吗?父亲说。

嗯!我的坚定终于让父亲同意了。

在父亲的活动下,王新顺利地进入了县电视局正式员工的队伍,并开始了为期两个月的培训。

甘蔗林,老槐树……开始变得枯燥乏味,看着王新兴高采烈

地奔向县城,我恨不得追随而去,心好像一下子被掏空了,说不出是什么滋味。

随着时间的推移,王新变得越来越忙了,电话越来越短,次数越来越少……思念的煎熬让我彻夜如梦游者一样,在蒙蒙胧胧的意识里晃荡,我觉得灵魂已经不属于自己。

于是,在王新走后第二个月的最后一个星期,我连还差一天就是周末也熬不过,向学校请了假,我要去找王新,我要给他一个大大的惊喜,一个用力的拥抱,一个狠狠的吻……

坐在从小镇开往县城的汽车上,脑海里浮现着王新那温柔的哑哑的嗓音,我迎着车窗外冷冷的风,暖暖地想着……

我到达的时候刚好是下午五点,我拨通了王新的电话,王新的声音有点慌乱,我没有告诉他我的到来。

明天有上级领导来检查,今天要加班,不说了。

王新匆匆挂了电话。

电视局建在高高的银山公园的最高处,要走上山顶,必须爬过从山脚向上延伸的那一排长长的阶梯。沿着长长的台阶,我拾级而上,我要去等王新。

我喘着气,摸着剧烈跳动的心,爬上了山顶,看着就在眼前的电视局,我想着王新高瘦的身影,我的世界此刻不是冬天,我的眼睛溢满了浓浓的春意。

天色逐渐暗下来了,王新还没有从电视局的大门走出来,我的腿有些发酸了,我需要找一张石椅坐一坐,我绕到了有很多树荫的另一边,找到了一个空的位置,坐了下来。

天还没有完全暗下来,但公园里浓情蜜意地挨在一起的人已经很多。我无聊地四下张望,突然,我发现东角树荫下的一对情侣,那男的背影很熟悉,那浓密垂下的枝杈遮挡住了他们摩挲在一起的脸,但那小子哑哑的笑声,太像王新了!我下意识地往前走。

——竟然真的是王新!

我像猛然间被人狠狠地刺了一刀似的,浑身一震……我怒火中烧,愤怒的情绪如地层下骚动的熔岩,乱碰猛撞,寻找喷发的出口……但莫名的,我一下子冷却了下来,像失魂落魄的逃犯,仓皇而逃。

那两个像两条藤似的缠在一起的人,没有发现我……

回到家后,我昏睡了两天。清醒时,已经是周日的掌灯时分。我万念俱灰,像个醉汉一样,摇摇晃晃地来到了乌河的那棵老槐树下。河水叮叮咚咚地流着,像如泣如诉的琵琶,叫人剜心挖肺般痛楚,我的心翻来覆去般滚动,恨不得生出一股冲天的力量,把世界掀个天翻地覆。

突然,我听到了一阵异样的声音,细细一听,是人说话的声音,而且很耳熟。我寻声觅去,居然是父亲和王新!我震惊了,下意识将自己藏了起来。

……

我是喜欢过你女儿的。

别骗人了,还不是因为电视局的那个名额。

我承认是因为你拒绝了把名额给我的请求,所以我才设局勾引你女儿,但后来我确实喜欢她。

如果真喜欢,为什么不到两个月,就搭上了你们局里人事科科长的女儿?

我不是依你的意思吗?名额给我了,就离开你的女儿。

我摇摇晃晃,悄悄地离开了。半弯月牙如一滴巨大的泪,冷冷地斜挂在天空;漆黑的夜,如一个巨大的黑色罩子,令我感到压

抑;烈烈的寒风,如一把锋利的剑,撕割着这片黑暗,撕割着我的爱情,还有我那淌血的心……

夜　色

仿佛一声女人的尖叫刺痛了耳膜——他从昏迷中睁开了双眼。夜幕黑沉沉,静悄悄。意识慢慢地苏醒:我这是躺在哪儿?怎么会睡在这儿!蒙眬中,他看见了府河边的电镀护栏。护栏下,河面波光粼粼,寒气袭人。哦,他记起来,自己是追赶一名拐骗少女的歹徒,追到这儿,不见了那家伙的踪影……他感到额头钻心样的疼痛,用手一摸,头上缠的白纱布黏糊糊,大概渗出了血迹。他想起来,当时,他捂着流血的额头,敲开了桥头诊所的红十字小门……

这种诊所,是区医院下属的社区站点,白天两人守着,晚上一人值班。年轻的女医生,盯着他淌血的便服直皱眉头。其实,从腰间挎的五节手电筒也大致能辨出他巡警的身份。可不知是搅扰了她的清梦,还是打断了她看小说的雅兴——她头也不抬,俊秀的瓜子脸冷若冰霜,语调也如同白大褂一样透着冷气:"怎么,喝多了跳桥下歇了会儿,还是骑车冲电线杆子示了威?"

她用碘酒棉球狠狠地给他擦拭着伤口,疼得他直咬牙。他沉默着一声不吭。这伤,是那京片子口音的歹徒留给他的。昨晚在汽车站,他盘问哭泣的少女时,冷不防挨了歹徒一棒子:"叫你多管闲事!"他顿时眼前金花飞舞,汩汩的血流遮住了眼帘。他把少女交给车站执勤,捂着额头,跌跌撞撞地向逃遁的身影追去。头晕目眩的他,终究还是失去了追赶目标……

"哦,看出来了——这伤是被人打的!"女医生尖细的嗓音,像她手中的镊子,戳动着他的伤口:"怎么回事?——为哥们两肋插刀?还是替姐们争锋?好,够勇士!"她利索地打好绷带,打了个哈欠说:"交款吧,六十块五。对不起,有规定,你这种情况,不开报销单!"

他依旧沉默着。歹徒从眼皮底下跑了,自己却脑门开了花,还有啥脸辩解?他默默地掏出钱。刚想站起来,一阵剧烈的头晕目眩,让他不由闭上了眼睛,靠住了椅背……

"唉,唉!别在儿打盹呀!我可不是开店的。请吧。"她一把拉开门,带进府河上吹来的一股刺骨寒风。

他走出诊所,晃晃悠悠没走出多远,就忙扶住桥栏,失去了对天地之间的一切感觉……

夜幕黑沉沉,静悄悄。府河波光粼粼,荡漾出一股呛人的气味。他艰难地坐了起来。这时,他又真真切切地听到了一声女人的尖叫,又隐约传来女人的抽泣和撕打的声音。一个低吼的男人声音从诊所里飞出来:"你敢咬我!"

这声音好耳熟!京片子的骂声在这老调之乡极少听见。真是狗改不了吃屎,猫忘不了偷腥!他艰难地扶着桥栏,跌跌撞撞地扑了过去。

他死死地堵住门口,拦住了歹徒逃跑的去路,开始了一场实力不均衡的较量。歹徒身强力壮,手中挥舞着曾敲破他头颅的短木棒。而他受伤失血,手中只握着个五节手电筒。歹徒困兽犹斗,拼命想冲出去,那根染血的短棒狠命朝他砸去。他身上挨了几棍,仍堵住门口。其实,这本应势均力敌——只要女医生化悲

痛为力量,协助援兵和歹徒拼,将会是另一种局面。可她的白大褂被撕得一条条,光着两脚蜷缩在床角瑟瑟发抖,全然不见了那挖苦、训斥患者的威风。当歹徒又挥棒冲上来时,他灵机一动打开了手电筒。刺眼的亮光照得歹徒下意识地用手臂遮挡,他乘机抄起桌上的输液瓶,眼疾手快,一下把歹徒砸了个满脸花。

当他从腰间掏出锃亮的手铐给歹徒戴上时,女医生才认出他来:"啊,是您?刚才——我……"那挖苦人的伶牙俐齿,一下子口吃起来。

他押着歹徒,消失在夜幕中。这时,身后传来女医生真切的呼喊声:"民警同志,等一等,您的报销单!同志,等一等啊……"夜幕依然黑沉沉,静悄悄。府河无声地荡漾,仿佛陷入了沉思。只见灯火阑珊,灯火阑珊……

追　星

花香榭是省城著名的豪华别墅小区。三面青山环抱,前面玉溪河奔流,风景优美,配以欧陆风格的建筑。树林间那尖顶小白楼,因是玉女明星黎惠的居所,被视为"标志性建筑"。影视明星、商界精英来此安巢,引得小偷们慕名来"追星""探宝"。接连出了几起失窃案后,小区物业公司强化治安管理,我才能来小区混保安这口饭,警校实习生任真在这里任临时片警。

抓贼陷囹圄

每次巡逻,我都不由自主地围小白楼转一圈。我特意随身带个签名本,想碰机会请黎惠签个名。其实在大门口值班时,也没少见她。她戴副墨镜坐在车里,目不斜视一阵风似的开过去,哪里有机会!这天晚上,我巡逻时已经很晚了,发现有一个黑影站在黎惠家的防盗窗上。我大喝一声:"谁?"那人回头一愣,飞身跳下,撒腿就跑。我穷追不舍,心想,小区出的几桩盗窃案,说不定就都是你小子干的。今天我要立头功!追到玉溪河边,前面那人停下了脚步,慢慢转过身,从腰里掏出把明晃晃的杀猪刀。他说自己是黎惠的崇拜者,追星族,你干吗追我?

追星族?深更半夜追到人家窗户上。谁信!怕是偷星族吧?他听了恼羞成怒,扯着公鸭嗓喊:"你活腻了是不?先给你放放血!"我四周一打量,身边有棵枯死的小柳树,有铁锹把儿粗。我噌地把它拔出来,带着毛茸茸的死根和泥块,像握住了杆红缨枪。小偷刺过来,我闪转腾挪。他一刀比一刀狠,一刀比一刀快。刀锋划破我的脸颊,火辣辣地疼。我瞅准时机,在他举起杀猪刀的一瞬,用树棍猛击他的手腕。"当"的一声,刀子高高飞起,咚的一声落进了河里。那小子飞身扑过来,我慌忙一棍扫过去,他就躺下了,踹踹他屁股,不动。没法子,我将他绑了,扛回保卫室。

早晨,小偷仍未苏醒。临时片警任真闻讯赶来,把小偷送进了医院。赶上下午小区物业公司开大会,经理表扬我勇斗歹徒,当场奖励我200元奖金,乐得我屁颠屁颠的。

次日一早,任真把我请进派出所做笔录。我高兴地介绍起"英雄事迹"。说到小偷趴在黎惠家撬窗棂时,任真停住笔问,现场有目击者吗?我说,有——鬼看得见。说到在河边那小子拿刀

拼命砍我,任真又截住问,现场有目击者吗?我说,有——河里的鱼瞅见了。任真不满地用笔帽敲桌子:哎哎,逗啥闷子,你以为拉家常呢?我说,深更半夜黑灯瞎火的,哪有人看见?任真说,没人看见也别瞎矫情,笔录是正常司法程序,懂不?她扫了一眼我脸上的伤,问,小偷的刀子呢?我说,河里歇着呢。她瞪了我一眼,带我一块儿去玉溪河里找刀子。

任真坐在河岸上等,我泡在水里摸。凭记忆,在那一片水域足足摸了三个小时,只摸上来一大摊烂泥。我冻得直哆嗦,像瘾君子犯了毒瘾一样。上了岸,任真站起身,叹了口气说,你呀,麻烦惹大了,你对那人的控告没一点证据。我问过了当事人黎惠,那晚她没发现窗子有动静。医院的检查结果是,你把他打成了严重脑震荡,到现在还没睁眼,弄不好落个植物人。你已构成了"防卫过当",要承担法律责任。小女警说着小脸一绷:听着,你被拘留了。我来不及回过神,一副冰凉的手铐已铐住了我的双手。我冻僵的腿一软,一屁股瘫坐在地上。哎,打狐狸不成惹身臊!这保安饭吃的!

在小黑屋蹲了24小时禁闭,小区物业公司把我保回。一打听,原来扒黎女星窗户的贼在医院半夜醒来,趁任真睡着,拔掉输液管跳窗跑了。得,说我打坏了人,你任真警官不也没了证据?真气煞我也!

护"星"惹是非

从派出所放回的第二天,我心里还窝气。任真这小警察也忒过分了,还没弄清小偷伤势,先不分青红皂白就关押我。好不容易抓住个贼,竟从你手里溜掉。若不是见你是刚出警校门实习,定要讨个说法!这时,只见一辆宝马轿车在大门处停住,车里走出一个年轻美丽的女子。我认出来了，她就是大名鼎鼎的女星黎惠。她优雅地走到我跟前，盯住我脸上的伤口问："小帅哥，是你把我家的贼赶跑的？"我面无表情地点点头。"酷毙了！谢谢！"她回头对车上的同伴说："来，我和英雄帅哥留个影。"说着，她紧紧搂住我的肩头，一股浓郁的香气熏得我晕乎乎的。我小心翼翼地站在她身边，觉着她虽然有点像演戏，但还是充满对她的崇拜。蹲了那一天小黑屋，值了！等她开车走了，我才想起件大事：咳，光美了，忘了请她给签个名！

不过，我还是替黎惠女士担心。俗话说，不怕贼偷，就怕贼惦记。只要贼不死心，必定会故地重游，再光顾她。以后几天里，我上夜班时格外警惕。果然，这天半夜，我巡逻到小区的小树林，发现林边停着一辆宝马车。这小区开宝马车的只有两户。一户是五金大王王彪，他打点生意忙，一个月不回来一次。另一个就是跟我合影的影视大腕黎惠。

深更半夜停在这干啥？我悄悄走进小树林，听到有女人哭泣般的呻吟。我明白了，明星男女幽会偷情，在小区司空见惯。吃饱了撑的才管这种事！我扭头往回走，只听背后传来一个男人的喘息声："你不配合是不？要不要我用杀猪刀给这明星小脸蛋刻朵花？"

嗯？这公鸭嗓好耳熟，是从医院逃走那小偷的声音！好小子，上次让你装"死"跑掉，便宜了你。今晚竟敢又来骚扰我的心中偶像，看你再逃得了！

有了上次的教训，这回可不能伤他。我悄悄放下电棍，愤怒地反身扑过去，徒手和那小子厮打起来。等我好不容易将他擒下，想请黎惠辨认一下，却听见黎惠的宝马车发动机突突一响，无声息地一溜烟开走了。我心里不无遗憾，要能再听她亲口说说感

激话该多好！又一想，人家明星遭遇坏人，衣衫不整羞于见人不很正常？

我把坏家伙又交给片警任真。任真见我鼻青脸肿，衣裳被扯得一条条，扑哧一下笑出声：熊样儿！真笨，怎么带着电棍还让他打成这样？我不冷不热地说：受点伤算啥？总比蹲小黑屋那滋味好受！大概听出话外音，任真脸一红，有些尴尬地撇撇嘴：还为那事耿耿于怀，像男子汉不？惹急了本姑娘，再关你两天禁闭！她转身带走了疑犯。这不讲理的小妮子！

谁知傍晚任真赶回来，见面就鼻子不是鼻子脸不是脸地数落我："你小子是不是在这干腻了，不想干趁早走人！"我一头雾水。

原来任真回去审那家伙，那家伙矢口否认，说根本没那回事，称自己是黎惠的崇拜者："保安嫉妒我，跟我打过架，是他嫉恨、报复，胡编的。"

我气坏了。任真咋这么不分青红皂白呢？看谁胡编？！我拉着她去找明星黎惠作证。谁知女明星一脸无辜的样子，莫名其妙地耸耸肩：这都是哪儿跟哪儿啊。这两天我一直没出过屋，能碰着谁？你这人看起来挺老实的，怎么这么缺德给我制造这负面新闻呐。你到底有什么目的？她转身对任真说：我们艺人总被别人编排、造谣，你们做警察的，得给我辟谣。谁再胡说八道，小心我上法庭告他诽谤！那无辜的神态，正气凛然的表白，比她屏幕上塑造的英雄还动人。我都有点怀疑自己昨晚是不是看错人了。

任真原本就是黎惠的追星族，对偶像的话自然深信不疑，她一边道歉，一边拉我告退。

一出黎惠家的门，任真就尖声尖气地冲我吼起来："你这家伙，尽给我找麻烦。我告诉你，要老老实实做人，懂吗？哼，差点把我也陷进去。"

我就纳闷了,黎惠是受害者,为啥死不承认?细一琢磨,也明白了一二。你想,人家一个大明星,这事传到媒体耳朵里,爆出个"大明星遭歹徒强暴"的新闻炸弹,作为影视界的玉女,黎惠的形象不一下子毁掉了?得,我也哑巴吃黄连,闭嘴吧。

还是追星

没想到这事还没完。次日在小区门口见到驾车的黎女星,她冲我招招手。我以为她有事,刚把头伸进车门,她就虎着脸抓住我的脖领,咬碎银牙般教训我:"我告诉你,臭看门的,知道我是谁吗?再到处乱嚼舌头,我一句话就送你去劳教所!"说罢把我往后一推,我摔了个趔趄,她却开车扬长而去。好心当成驴肝肺!黎惠,我舍命保护你和你的家,没功劳也有苦劳吧,你,你竟……我咬紧嘴唇,不让委屈的泪水淌下来。心中的偶像就在这一刻坍塌了!哼,我再也不追你这屁星!等你有事,看我再管你!

还真让我说中了。半月后,一天我又值夜班,巡逻时发现黎女星的二楼窗口动静异常。一男一女来回拉扯的影子落在窗帘上,仿佛上演皮影"扯大锯"。我悄悄溜窗户根,贴着耳朵听。只听一男声说:"忸怩啥?亏了上次你不承认,救了我一把。要不,我指不定在哪个号子里囚着呢。嘿嘿,这不,特地来谢你呀。"

我一听,坏了!说话的还是那公鸭嗓的坏家伙,大概两次找女星被抓都安然无恙,食髓知味的他更胆大包天,又找上门来骚扰!这回我正好堵笼捉鸡,关门打狗,看你往哪儿跑!我立马想冲进去。且慢,这坏蛋忒赖皮,黎女星是百变面孔,到时候嫌犯死不认账,女星为维护自己的名誉,再翻脸告我私闯民宅,我岂不有口难辩,吃不了兜着走?可碰上这事我撂手,还算啥吃保安饭的?急中生智,我立马打手机告诉任真:这里有大案,我一个人处理不了,快来。等了好半天,急得我脑门直冒汗,任真才带了三个民警赶来。原来听说是大案,任真大概犯怵,跑到派出所搬救兵。

事不宜迟,我们急忙敲门。女星脸色惨白,披着睡衣刚开个门缝,我就冲了进去,顾不得搭话四周搜寻,哪还有那家伙的踪影!哎,任真他们来得晚,误了时机呀!凉台窗口大开,吹来阵阵凉风,我心里也凉透了。唉,嫌犯没抓着又没了证据,挨任真骂是小事,我这饭碗注定要砸了。弄不好黎女士又翻脸,反咬我一口,我还得吃官司。

果真,任真狠狠地瞪了我一眼,那意思很清楚:你又报无头案,回头跟你算账!她看看一直发愣不吭声的黎女星,大概以为偶像憋着火,就一个劲地向黎女星赔不是:说我们深夜打搅您,是接到报案,您家进来了坏人。贸然惊动是我们怕您受伤害,看来是我们调查不细,审核不周,给您添了麻烦。我们先向您道歉,回去再严肃处理这事,决不姑息手软!云云。

没想到,黎女士没理会她,突然转身紧紧拉住我的手说:"恩人,我对不起你!就是那人!求求你千万抓住他,求你们了。"说着,她扑进我怀里,搂住我呜呜地抽泣起来。站在一边的追星族女警任真张口结舌,呆住了。

黎惠镇定下来,诉说了原委。那"公鸭嗓"正是抓住了她怕出负面新闻,不敢报警的心理,才再三来骚扰、勒索她。而她自己为了维护纯洁的玉女形象,一直打碎门牙往肚里咽。没想到小保安忍辱负重、百折不挠,一次次救她,让她十分感动。这回她决定不再忍气吞声,拼着明星不当,也要把那坏人绳之以法。

我看着黎女星灿烂的面孔,心里高兴:到底是明星,啥事明白得挺快。我还能记仇?这次我没闲着,赶紧掏出随身带的签名本捧给她。只见她工工整整地在上面写道:你就是保安明星。

黎惠。

这可担待不起！黎惠,我永远是你的崇拜者,你是我的明星偶像!

挽　救

吃过科里姐妹的送行饭,伊航回到医院内科病房,值下岗前的最后一个夜班。

下午她接到人事部的通知:她被除名了。这对她无疑是当头一棒,好半天缓不过神来。要知道就在上午,她还作为模范护士在全院大会介绍救护经验。拿着除名通知,她含着眼泪询问究竟。人事主任告诉她,开除她是院长亲自决定的。住院病人对你反映很大,还弄坏了仪器。伊航知道,在民营医院,老板院长说了算,已无挽回的余地。刚才吃送行饭时,内科主任罗大姐叹息说,麻烦的是,告她状的病人是老板的好朋友,生意上的合作伙伴。老板向来说一不二,这会儿正在气头上,谁说也没用,等过几天,一定把清况跟老板说清。护士长李姐气得摔筷子:"忘恩负义的臭流氓,做贼不成反咬一口,不得好死!"说罢,她趴在饭桌上大哭起来,好像开除的不是伊航,而是她自己。伊航倒反过来劝她,几个人泪流满面。

上了夜班,伊航在值班室清点药品、器械。想起"弹劾"她的5号房病人,恨得牙痒痒。二十天前,院长亲自送来一个患有急性哮喘加心衰的病号。当时,人已昏迷,嗓子里像卡住什么东西,

拉风箱般呼呼地喘大气。院长说,华总是医院的投资人,公司副董事长,要千方百计把他抢救过来。华总住进了5号豪华单间,实行特级护理,伊航是负责护士。她接连几个夜班没休息,隔两小时便用吸痰器为他吸一次痰,24小时输液,喂水打针,擦屎接尿,终于把他从死神那儿拉了回来。几天后,华总的病情稳定了,看着像个健康人了。

大概伊航救他有功,华总对伊航另眼相看。每次来病房输液、送药,总是留她多待一会儿。

伊航对待这40多岁的经理像长辈,热心服务、有求必应,帮华总掐掐头、揉揉腿什么的。当然,她也有自己的原则,对方送的礼物一概谢绝。伊航察觉到,她弯腰给他输液的时候,他的手会为她理理散下的头发,仿佛不经意地轻轻蹭过她的脸颊。后来,他趁打针时,攥住她的手抚摸。伊航脸一热,连忙说:"哎呀放手!要扎出血了。"他攥得更紧了,嬉笑着说:"出血?出血是好女孩。"

"流氓!"伊航心里骂了句,扔下针管跑了出去……

前几天她上夜班,深夜输完液,伊航去拔针头。正当她低头给针眼贴白胶布时,他一下子紧紧地抱住了她,把她压在床上:"小丫头,好好陪陪我!"充满烟酒气的大嘴吸盘一般吸住她的小嘴,让她喊不出声。她翻腾着挣扎,争斗中,踢翻了输液架,摔碎了输液瓶,砸毁了吸痰器。直到她狠咬了他的舌头之后,才趁机跳下床。这时,值班医生推门进来。伊航哭着跑了出去……

念他是院长的投资人,内科医务人员没有声张这事。没想到,他坏事没得逞,倒恶人先告状,找院长砸了她的饭碗……

丁零丁零……值班室响起求救的信号。伊航看了看显示器的红灯,正是5号病房发过来的。伊航气不打一处来,又是你,深更半夜想干吗？又想找机会对女护士耍流氓！你甭做梦。伊航坐着没动。

5号病房的呼救铃声又响起来。莫非他真的不舒服？活该！反正我明天就卷铺盖走人了。你这个流氓，本姑娘今天偏不伺候你！

5号病房的铃声变得微弱、断断续续，像一个危重的病人。伊航像战士听到冲锋命令一般，箭也似的冲向5号病房。

这时的华总，脸憋得紫红，喉咙里又拉起了风箱。两只大手伸向天空，像要抓住什么，他仿佛正在和死神作殊死搏斗。他污浊的眼睛，向伊航投来求助的目光。

"危险！卡住痰了！"伊航明白，不把痰吸出来，病人一分钟之内，就有被憋死的危险。必须马上吸痰！她下意识地找吸痰器，一下想起来，那天他侮辱自己争斗时，吸痰器已经被砸坏了。怎么办？情急之下，顾不得羞怯，和他脸对着脸，嘴贴着嘴，使劲为他人工吸痰。吸一口，吐一口，直到吸完为止。华总的呼吸平稳了，但不知为什么，他嘴角哆嗦起来，两眼使劲颤抖着紧闭也挡不住两行清亮的泪水，顺着脸颊慢慢淌下……

早晨八点交完班，伊航悄悄回到单身宿舍，凄凉地打点行装。这时，内科罗主任和李护士长推门进来，二话不说把她的行李又铺开。伊航蒙了。护士长笑着告诉她，不知怎么回事，大清早院长就来电话，说你必须想尽一切办法留住伊航，否则，护士长别干了。伊航这才扑到床上，号啕大哭起来。

老　枪

"老枪"与捉刀网签订了代笔合同,铁了心要当次真正的枪手。

他要捉刀——写一篇研究生论文。合同规定,此论文如在核心级刊物发表,即可获得八千元的酬金。老枪是冲着八千元去的。他急着用钱。

老枪本名强文,是一中型企业的老宣传干部。厂里经济效益一般,家里人丁凋敝。原来的妻子嫌他是个书呆子,在家啥都不会干,光埋头爬格子,早就离他而去。由此,写作代替了婚姻,儿子成了他的命根。

父子二人相依为命,日子过得紧紧巴巴。谁知天有不测风云,读研三的儿子暑假刚返校,便急匆匆打来了电话:刚带去的一万元学费和生活费丢了!老枪心里咯噔一下:天哪,那是我10个月的工资,要写100篇小说才能挣回来!没法子,借吧。他东拼西凑,借了一万元给儿子寄去。

要早还钱,就得想辙。碰巧捉刀网招枪手,待遇优厚。硬着头皮试试吧。万一写成,早日还清债务不说,本身对咱非正规大学生不也是一种挑战?实现人生自我价值嘛。他寄去了简历和作品,得到了试用机会。

他,1966年的老三届高中毕业生,粉碎"四人帮"后上了个中文夜大。如此学历能写硕士论文!没有金刚钻敢揽瓷器活?老枪是省作协会员,四十年来,发表了几百篇小说、散文。他精通古今中外的文学理论,也发表了些文学评论。别的硕士论文他不敢接,写中文的,他倒想试一试。谁让儿子丢了钱呢。

虽说儿子很给他长脸,从小学到中学到本科再到研究生,一路过关斩将,顺顺当当,但也没让老枪省心。儿子上四年级时,强文在《人民文学》上发了篇小说。《人民文学》那可是中国文学界的最高刊物哇,老枪高兴,那天破例晚饭前喝了几杯酒。儿子噘着嘴、抹着泪放学进了家门。原来,儿子的作文让老师给了个不及格,还留下了新题目。儿子作文差,老枪平时并不在意:凭遗传,他将来写作文能差?那天酒兴所至,他立马抄起一张稿纸,豪情万丈地说:"孩子,爸爸这就替你打翻身仗!"说罢,他提笔一挥而就。果然,此文被老师推崇备至,当堂阅读,给了99分,扣除的那1分还是因为错别字。儿子搂着爸爸又亲又跳,笑得小脸像牡丹花。

从此一发而不可收。每次老师留作文,儿子总缠着老枪替他写,不写就哭闹。开始老枪还有些勉强,到后来成了真正的志愿者。为啥?可怜天下父母心啦。不能看着儿子关键时刻在求学的道路上落马,他要帮儿子在千军万马中杀出来,冲过名牌大学的独木桥。翻开他发表作品的年表,凡是儿子升初中升高中升本科乃至考研究生的年份,他发表的作品记录为零。干吗去了?其实在这些年份他更辛苦。为了应考,他会为儿子写几十篇记叙文、议论文、应用文。凡能想到的题目,他都写到了。儿子考完,常会笑嘻嘻地跑回家:"爸,那作文题又让您猜中了。"父子俩好不得意,比在《上海故事》发篇故事还惬意。

大概是遗传作怪,儿子考取的是中文系研究生。接到录取通知书后,老枪在庆祝家宴上告退:"儿子,你如今是研究生了。爸

爸为你当枪手算当到头了。爸爸老了，将来写研究生论文得看你自己的了。爸爸的这点文化，也帮不了你了。"儿子的脸上似闪过一丝阴影，随即举起酒杯，真诚地感激："谢谢爸爸这些年为我操心，我会努力的。"

为了还债，白发苍苍的老枪戴上老花镜，埋头到故纸堆中。清华北大的论文集高高地罗列在案头。他虽是小有名气的作家，但写起硕士论文来，犹如使惯了银枪的武将，偏让你耍大刀。老枪感到，这比他以前任何一篇作品都写得艰难。也难怪，要是好写，谁肯出此高价雇枪手，自己写不就结了？一个月，老枪的白胡子写出了半寸长，牙掉了两颗，稀疏的头顶，脱出了一片小圆镜，在灯下闪光。他的眼里布满了血丝，看起人来，放出可怕的光芒。好不容易完稿，他给稿件定名为《蒲松龄笔下鬼狐之刻画》，他哆哆嗦嗦地敲打着键盘，刚发给了捉刀网，就一头昏倒在电脑桌上。

老枪住院了，诊断为轻度脑溢血，在输液打针中度过了一个月。这一个月里，一直由单位的人陪伴，没敢告诉儿子自己的病情，怕惊动了儿子写硕士论文。

三个月后，老枪接到捉刀网寄来的八千元辛苦费，被告知论文已发表在《北大学报》上，并预约了新的枪手稿。预约信老枪连看都没看，便一把撕掉。

寒假，儿子喜气洋洋地回家来了。父子二人兴冲冲地下馆子。酒菜备齐，老枪举起杯，正要把自己的写硕士论文挣大钱的喜事告诉儿子。儿子却迫不及待地说："爸爸，告诉您件好消息——我的硕士论文发表了。这回可没让您辛苦。"

老枪喜出望外，接过儿子从书包里掏出的杂志，喜滋滋地翻起那本《北大大学报》。儿子凑过来，指着一篇文章说："这篇是我写的。您看看？"

老枪笑嘻嘻一看,胸口像中了一枪,笑容立即僵住了:那文章正是自己写的《蒲松龄笔下鬼狐之刻画》……

早　餐

高部长大清早买了早点回到家,留一半给妻子,自己趁热慢悠悠地吃起来。

高部长退休已一年多,街坊们还习惯这样叫他。退休后,他的习惯改变了不少:比如,过去在岗时有"熊人"的职业病,同部下关系疙疙瘩瘩。现在,他见谁都微笑地点点头。过去,妻子张罗早饭,现在妻子晨练,他自己去打早点。过去,他早餐爱啃驴肉火烧就咖啡。如今,牙口不好,只能吃松软的馃子加豆浆。

他正有滋有味地吃着馃子,忽然嘴里嚼着一硬物,感觉有玉米粒大小,硌得牙床生疼。吐出一看,竟是半颗人牙。他胃里一阵恶心,嘴里的馃子呕吐了个干净。吃馃子竟吃出牙来,这成何体统!太不像话了!他卷起剩下的馃子,用纸包好那半颗牙,怒气冲冲找小吃店老板。

老板一听,惊奇得瞪大了眼睛:"不可能!昨天我亲自和的面,怎么会有牙?再说,你看炸馃子的伙计,都红口白牙的,也不会老掉牙吧?"

高部长急了,把纸包打开:"打什么哈哈!我60多岁的老头子,能无中生有找麻烦?"

老板看着那颗牙,嘴里倒吸一口凉气。炸馃子炸出牙来?八

辈子没摊上过这种事呀。高部长开始训起他："同志,你卫生服务意识差呀,卫生制度不上墙,行动不落实。可不能出什么乱子哇……"

排队买早点的顾客围过来看热闹。高部长倒一下更来了精神,继续引申发挥："老板你想想,这是小事吗?万一这颗牙的主人是肝病患者,怎么办?要有多少吃馃子的人被传染?再往深说,假如这牙的主人是艾滋病携带者,我们吃馃子的人岂不全被感染了艾滋病!你担待得起吗?"

有的顾客一听,啊,好严重,扭头就走了。老板让高部长"训"得出了白毛汗。一见顾客都要走,急忙央求高部长："老爷子,求求您别说了,我错了还不行?行行好吧!馃子钱我退您,再给您炸份新的。您担待点吧,放心,我一定追查到底,让那小子吃不了兜着走。"

高部长托着新炸的果子走到家,身心很痛快。自离休以来,还没这么痛快地训过人,仿佛释放了身上许多贮存的能量,轻松!

妻子晨练归来,高部长笑嘻嘻地打招呼:回来啦,馃子还热着,趁热吃吧。

妻子却原地不动,像发现了新大陆一般看着他,笑着说："老高,一早没见,怎么你那颗犬牙下了岗?"

高部长跑到镜子前细看,懊悔地用拳头擂了几下脑袋。妻子赶紧劝慰："这有啥?自然规律嘛,掉就掉了呗,俗话说,'没牙磕,吃饭多。'"

艳　遇

　　下午两点钟,郭晓北西装革履,准时站在长途汽车站门口,接一位叫静观的外市女网友。他激动、期待中有点忐忑不安。

　　姑娘不是他约的。昨晚他在网吧遇上英俊潇洒的"流光溢彩"。这泡妞专家告诉他,本来和女网友约好明天会面,不巧他母亲突然中风,得赶紧回乡下。"流光溢彩"坏笑着说:"小北你去接吧,这艳遇便宜你了。"

　　郭晓北二十三岁,技校毕业后在一家工厂当修理工,对网络交友充满了好奇和向往。网吧哥们"流光溢彩"常跟他炫耀,曾和不少女网友发生一夜情,这让他羡慕不已。如今"天上掉馅饼"却不知咋下嘴:"人家是来找你的,我算老几……"

　　"傻瓜,打我的牌子——反正谁也没见过谁。那丫头主动找上门的!"

　　郭晓北还是有些犹豫:"哥,我没经过这阵势……"

　　"雏儿!""流光溢彩"顺势摆活开他讨女孩子欢心的诀窍,还从衣兜掏出个小纸包递过来,神秘地笑笑:"我可从未失过手,你可别给我丢人现眼。"

　　一辆大轿车进了站。小北赶紧亮起了接头暗号:左手握着《网络游戏》第六期杂志。一个背旅行包的姑娘走到他跟前,一双明亮的大眼睛盯住他:"哥,我找'流光溢彩'。"

　　小北仔细地打量这姑娘,一米六五的个头,身材像阿拉木

汗——不肥也不瘦,白旅游鞋,宝石蓝牛仔裤配乳白色T恤,短短的马尾辫被猴皮筋勒在脑后,显得别有风采。

"哎,我就是流光,你是静观小姐吧?"小北接过女孩的提包,放在摩托车上。女孩仔细打量着他:"嗨,你不是流光吧?怎么和网上的照片不太一样?"

小北心里一惊,反应还算快:"网上的头像有几个真的?我还用过张国荣的头像呢。"姑娘笑了:"那倒是。别人上网穿马甲,你连头盔也戴上了,捂得好严实。"小北问:"姐姐,真人不如照片酷,后悔了?"

姑娘叹了口气:"后悔也晚了,反正让你给骗来了!"

小北见姑娘认可了,笑着推起摩托车:"既来之则玩之,开始浪漫之旅吧!"

去预订的旅馆放下东西后,两人到了滨海公园,一直玩到天黑。小北觉得自己的口才出奇地好。每到一处景点,他都能编一通传说和故事,有板有眼的。姑娘静静地听,挺招人喜欢。她不像舞厅里接触的姑娘花枝招展、卖弄风骚,走路时,总和他保持一尺的距离。远处碧蓝海天一色,星布白帆点点,近前情侣对对,携手而过。让他高兴的是,她似乎对他本人很感兴趣,眼里常带着神秘的微笑。她突然问道:"流光,经常带网络女友来这逛?"

小北连忙解释,以前没女网友,你静观是第一个。

"撒谎!"姑娘撒娇般瞪起美丽的大眼睛:"谁不知你是网上有名的风流公子!说嘛,我是你带来的第几个?"

他不愿给对方留下如此印象,慌忙解释:"真的没有。你是头一个……"这时他突然意识到,他表白的是自己,而他目前的身份是"流光溢彩"!那花花公子的确有无数的网络女友呀。谁知她静观是否在乎这个?还是喜欢这而特地慕名而来?小北改嘴,含含糊糊地回答:"静观,套啥隐私?——我觉得你是最棒的,真的!"

"真是有幸。"姑娘一撇嘴往前走了。小北心里一乐,哈,她是不是有点吃醋了呢,有点在乎我?

之后,他们去了滨海餐厅。小北不知不觉祭出流光传授的"大"法宝:他这电脑维修工每月工资才1400元,家又在农村,但依然咬着牙充大头,给女孩叫了半斤重的大对虾和名贵的法国红葡萄酒。女孩感谢他破费,他顺势不动声色地吹起来:小菜一碟,在家都吃腻了。姑娘边吃边问:"哥,你条件这么好,早有女朋友了吧?"

这问题,更让小北感到她对自己有点意思,他赶紧表白:"还没有,真的!"情急之下,他不知不觉跳出了"流光溢彩"的角色。

静观放下酒杯,意味深长地盯住他的眼睛:"说谎!我这次来,有人让我打听你呢。她叫白薇。"

白薇!白薇是谁?小北愣住了。他忽然想到,大概是流光的女网友。总得应付过去,他心不在焉地问:"哎,她还好吗?"

好像这回答让静观很不解,她又试探说:"听说白薇对你一往情深。你倒好,把人家害得好惨。"

他一急:"我不知道!"随即又想起自己的角色是"流光溢彩"。这花花公子,准是玩了人家又把人家晾一边了,让我这当替身的犯难!承认还是不承认?承认吧,静观对我的印象还好得了?她还愿和我相处才怪!若不承认,静观好像知道些底细。他默不作声地喝了一大杯红酒,才迎着静观锐利的目光,含蓄地表白:"交往嘛,没缘分好聚好散,有缘分一见钟情。我还没问你,你做啥工作?"

静观愣了一下,笑着说:"我嘛,搞环境治理,清除环境污染,

环卫工一个。"

环卫工！哈，与我倒也门当户对呀！他胆子大了起来。幽暗的灯光下，隔壁舞厅响起刺耳的迪斯科旋律。静观在他眼里变得格外性感迷人。也许是肚里红酒的作用，静观一直跟他说话。他拽起静观跑进舞池，疯狂地扭动着，仿佛要把身上某种欲望扭出去。静观在他面前舞动，她微笑着，动作不大却很到位，身上优美的曲线展现得淋漓极致。小北忍不住向她靠近，刚搂住她，她蛇一般闪出身："哎呀太热了，一身汗，我想回去洗个澡。"

他开摩托车送她回宾馆。一路他很少说话，他深感身后这姑娘忒贼！她是不会轻易跟自己上床的。可眼下他冲动得像条狼，一只肥美的小羊就在嘴边。自己为她付出不少，能不"吃"掉她？他脑海里闪出"流光溢彩"坏笑的面孔："我从未失过手，你可别给我丢人现眼。"——好在还有最后的机会！

进了房间，静观就去洗澡间冲澡。他倒了两杯可乐，等白沫徐徐散尽，他掏出"流光溢彩"给的药粉倒进了杯里。他心里怦怦跳，静静地坐了好一会儿，静观披着浴袍走出来，冲他一笑："你还没走呀。"湿漉漉的黑发、微红的面颊、赤裸的腿脚更显得美艳动人，小北恨不得立马冲上去把她抱在怀里。他站起来慌乱地嘟囔了一声："我也去冲个澡。"他跑进洗澡间，足足冲了半个小时。不知怎的，脑袋越冲越涨，身上的欲火越冲越旺。

a)他悄悄拉开门偷看，茶几上的两杯可乐已经空了，静观已躺在床上闭目酣睡。他不由得一喜，拖鞋也顾不上穿，跑过去扑到静观身上，疯狂地又亲又啃。正当他急匆匆起身，准备脱掉静观的浴衣时，不妨下面飞来一脚。"砰"的一声，他摔到地下。"咔嚓"一声，一副锃亮的手铐戴在了他的手腕上："警察！'流光溢彩'先生，你被捕了！"

b）小北吓得酒醒了。他可不愿替"流光"坐牢，急忙解释："（静观）警官姐姐，我不是'流光溢彩'！我真的不是！"女警官穿好衣服，给他披上浴衣，冷笑说："马甲和头像救不了你！我本来有点怀疑。不过，你在饮料里下药迷奸少女的手法，让我确认你就是'流光溢彩'！知道我为什么找你？你涉嫌迷奸多名少女，还与人合伙轮奸了白薇！……"

c）小北的眼睛瞪得大大的，他心里有些明白过来。哎呀，"流光"该不是轮奸白薇后为避风头，故意闪了让自己做替身？他心里一急，昏了过去。

孤　坟

　　建筑工地的工棚简陋透风，没啥娱乐设施。晚上小伙子们早早钻进了被窝，开始故事"会餐"，讲的大多是诈尸、鬼魂附体这一类。主讲者是灰土工张自夏，此人见多识广，其父是全乡闻名的跳神大仙。他从小耳濡目染，讲得活灵活现，常讲得大伙毛骨悚然，连半夜撒尿都不敢出棚。

　　这一天收工后，张自夏和陆已去邻村工友家喝酒，喝到半夜方归。张自夏酒性所致，想吓唬吓唬陆已取乐。在伸手不见五指的黑暗中，有声有色地讲起件"撞客"的故事。"撞客"，就是鬼魂附体，说建筑工地一老司机开掘土机，一铲下去挖出堆砖头，还有副骷髅，他并没在意，哗啦，顺手卸在工地一角。等老司机回到宿舍，神态就变了：瞪圆了眼，声音变成尖细的女人，叫道："你们毁

了我的家,叫我上哪去住啊?砸得我浑身好痛啊,我的脑袋哪里去了?身上好冷呵。我跟你们没完!"一个工头见此情景,知道是"撞客"——鬼魂附体了,赶紧挖坑砌砖池,把骷髅小心翼翼放进去摆好,然后焚香烧纸、磕头作揖,把土填上。这边老司机如梦方醒,对前事一无所知。陆已在黑暗中听得毛骨悚然,心里怦怦直跳,仿佛背后有个什么怪物在盯着他。他紧紧抓住张自夏的胳膊。

张自夏见此"效果",好不得意。他哈哈一笑,哼起小曲甩开陆已的手,走到旁边地里解手。小解完,掏出打火机想点支烟,跳跃的小火苗中,他的脸一下显得惊恐万分。"啊——"他失声大叫了一声,提起裤子往回跑,嘴里哆哆嗦嗦地念叨:"坏了,坏了,可捅了大乱子了!"他双手紧紧地抓住陆已的胳膊,这让陆已又惊又奇,再三追问才知道,张自夏刚才黑暗中,把一泡尿撒在了一座新坟头上。这可是犯了大忌,新鬼阴气盛,要怪罪呀。两人慌不择路,落荒而逃。

两人回到工棚,大伙已进入梦乡。果然到了凌晨,工棚里响起张自夏的怪叫,把工友都惊醒了。只见张自夏光着身子跪在床上捣蒜似的磕头,嘴里念念有词:"大娘饶了我吧,我不是故意的。天黑我没……"见大伙莫名其妙,陆已把张自夏尿坟头的事告诉了大家。大伙连拉带劝,谁知他躺到清晨又折腾起来,这回是发烧说胡话,声音也变成老太太的了:"我刚盖好的房子你就给我撒尿,我饶不了你。啊,房里好臊呀……"人们一看,坏了,这下真是"撞客"了。既然他父亲是跳大神的,专治这种病,何不把他请来?

张自夏的父亲果然名不虚传,见儿子这番情景并不慌乱,二话不说,亲自挑选静斋。工地没空房,他只好将香堂将就设在工具室。随后,他用清水泼地,挂神烧香,用朱砂画符,仗剑驱鬼,场面庄严肃穆、气势磅礴。然而,他几番作法,就是治不了张自夏的病。

大家焦急地询问,其父叹道:"此鬼非同一般,是新鬼。阴气正盛,驱不动。只好带着自夏去坟上赔不是了。"他还嘱咐大家,天黑再去,鬼是见不得天日的。

朦胧夜色中,陆已带领一行人来到当初张自夏撒尿的坟头,那确是一座孤坟。外形像微型的富士山伫立在菜地边。旁边,还堆有一些砖头。张自夏的父亲心里暗自嘀咕:不好,不怕坟头成群,就怕荒野孤坟。此主人必定有怪癖、难缠,不可掉以轻心。于是,他吩咐摆好"四干四鲜"点心和水果,焚香烧纸。他将杯中酒斟满,高举过顶,真诚告罪:"仙姑大姐,犬子不明事理,冲闯贵府,惊动仙姑,罪该万死。今特带犬子前来赔罪,重修贵屋以表寸心。"说完他站起身,抄起带来的铁锹就要往坟上培土。

这时,身后响起一个女人的声音:"谁呀,来我这地里干吗?"

众人吓得全跪倒在地,张自夏迷迷糊糊地几乎瘫倒。还是其父见多识广,哆哆嗦嗦地说出了请求。

黑暗里,又传来一阵银铃似的笑声,让人毛骨悚然。那声音笑着说:"真有意思,那是坟头吗?我爸要在这菜地边盖个猪圈,前两天拉来一堆沙子。这不,今天又拉了堆砖头。哪来的坟头?都喝酒喝多了吧?"……手电筒的亮光从后面射到"坟"上,众人一看,哈,果然是一堆沙子,大概主人怕被雨冲跑,用锹拍得结结实实。大伙的哄笑声中,张自夏一个激灵跳了起来,消失在黑暗里。

建筑工棚的夜晚来临,又该故事会餐了。人们又欢迎张自夏讲,可他就是闷头不吭声,倒是他尿"坟头"的事,成了人们的谈资。

心　机

李部长终于退下来了!

李一深情地看着自己的父亲李部长。父亲的脸上沟壑纵横,深不可测,这都是20年来为局里上上下下里里外外操心所至呀。现在的干部,无论大小,哪个不是红光满面,脑满肠肥,哪个不挺着水桶般的腰身对下属颐指气使?而父亲不,他清瘦,甚至有点憔悴,而且对下属特别和蔼可亲。这座干部院里的其他部长们别克、宝马、奔驰……不停歇地换,送完孩子接老婆。可父亲呢,20年如一日,还是那辆桑塔纳,纵然家里有天大的事,也不许沾他一星半点的光。再看看别的部长们,不但领着全家人吃腻了山珍海味,而且熏陶得全家人不穿名牌竟然出不了门。而父亲总是穿着一身半新不旧的中山装,还不如一个普通老百姓显眼。对家里人,父亲更是严格要求,不让他们随便出入饭店,不让他们购买高档物品。有一次,儿媳买了一件2000元的羊驼绒大衣,他硬是让退了回去,儿媳至今耿耿于怀。想到此,李一感慨万千地举起了酒杯:"爸,您做部长这么多年,一点油水也没捞,现在退下来了,您一点也不觉得亏吗?"

李部长仰脖和儿子干了这杯酒,什么话也没说,只是哈哈笑了两声。

他的笑声很独特,似乎只有从这别具特色的笑声中,才能听出他部长的身份。

老伴满脸怨气地瞅了李部长一眼:"一辈子只知道傻笑,嫁你这个大部长,还不如嫁个普通工人!"

李一赶紧安慰母亲说:"妈,爸爸这样两袖清风也好,您没看见嘛,多少干部都被抓了。最近听说工商部的王部长又被双规了。再说了,即使那些还没出事的,他们每天也都提心吊胆的,连个安稳觉也睡不成。"

母亲抢白说:"别提睡觉,你爸睡觉比谁都差,躺下两个小时没有睡着的时候。一晚上至少得醒来10次,害得我也跟着遭殃。人家都说心宽体胖,可你看你爸,瘦得跟猴似的!"

李部长依然很有风度地笑了两声,但笑声中似乎已有了尴尬。

李一忙打了圆场:"有钱难买老来瘦嘛。"

李部长从口袋里拿出一张单据放到李一的面前:"这是给你的。"

李一拿起那张单据,手竟抖了起来:"这……"

李部长说:"老王他们太张扬,坏就坏在老婆孩子身上。"

李部长又说:"我退了,不会有人总盯着我了。"

老伴和儿媳一起凑上前去看那张单据,都倒吸了一口凉气。

那是一张1000万元的支票!

报　销

"报销"病死了！这消息像楼道里响了个大爆竹，震惊了全公司。

上午，我接到医院的电话，被告知职工鲍晓因心肌梗死于前天病故。他妻子没在家，希望单位来人办理善后事宜。我从医院领回鲍晓的医保卡和死亡证明，向经理汇报。

经理愣了一会儿，叹口气喃喃自语道："才四十三岁！本是个业务尖子啊……"他随即吩咐我操办鲍晓的追悼会事宜。我赶紧忙活起来。

鲍晓病退前有个同音绰号"报销"。我俩同一天进公司，我分到办公室，他办事机灵进了业务科。他个人业绩经常名列前茅，很快提了副科长。随着业绩的增加，他的报销单据也同比增长。路费、餐费、住宿费、招待费、客户旅游费等等名目繁多。日子长了，老经理有所察觉，审查单据时也问一问："你这车票都是你坐的吗？""没错！""那怎么这几张票的号码是连着的？"鲍晓眼皮一眨振振有词："呃，陪几个客户去景区玩了一趟，总不能让客户掏钱吧？"用些小恩小惠拉拢客户，公司是默认的。此口子一开，业务员借此揩油，公司也不太好控制。尽管老经理觉得有些不对劲，但毕竟鲍晓业绩突出。俗话说，不管白猫黑猫，逮住耗子就是好猫，况且鲍晓每次回来都给老经理带些高丽参、虎骨酒之类的特产，他也就大笔一挥——报销。

后来,鲍晓把发妻给"报销"了……离了婚,并很快从东北领回来个学营销的大学生,婚礼办得很热闹。婚礼上,我看见了他的新岳父,年纪竟和鲍晓差不多,脸蜡黄,病恹恹的样子连筷子都举不动。鲍晓却兴高采烈,缠着新任经理不断碰杯。

过了不久,他拿了一沓单据找新经理签字报销。新经理办事十分认真,不肯高抬贵手。他仔细审核,挑出十几张日期一样的票据,问道:"这些票是咋回事?"

"请客户吃饭。"

经理不客气地指出:"能一天请十几次饭?你长了几个胃?这事要调查一下。"结果,到饭馆一查,原来是鲍晓把自己新婚的酒席钱分头开票。经理扭头又查他以前的单据,查来查去,"报销"了鲍晓的乌纱帽。

鲍晓丢了官,再也报销不了大油水,索性托人办了病退,和妻子开起了小公司。可他还不断来公司,报销他的医疗费。依照规定,开始由我给他一笔笔报销。可随着他报销的医疗费数额越来越大,我觉得有猫腻,让他找新经理审批。单据被新经理压下。

如今人死了,看来确实有病,我赶紧又给他报销积压的医药费,开具户口注销证明,等他妻子回来一并送去。

第三天,公司如期举行鲍晓追悼会。会场庄严肃穆,哀乐声中,大家默哀鞠躬。新经理沉痛致悼词,哀悼鲍晓英年早逝,号召大家化悲痛为力量。直到次日,他妻子才从南方进货赶回来。我在电话里劝她道:"嫂子节哀呀,老鲍他……"

她抽泣道:"在医院呢,人手少哇。是我不好,死的时候没在他身边,我对不起他呀。"说着,又哭个没完。我赶紧安慰道:"嫂子别着急,我们马上就过去。"放下电话,装上花圈,我开车直奔鲍晓家。他妻子在门口迎接,泪流满面。这情景我顿时也热泪盈

眶,赶紧吩咐人把花圈抬进门。她看着花圈,忽然像被马蜂蜇了一般,尖声喊道:"花圈是送给谁的啊?怎么写我们鲍晓?这不成心咒我们嘛!"我们全愣住了,鲍晓死了,不写他写谁?我递过死亡证明,她忽然悟道:"哎呀,错了,病死的是我爹! 鲍晓和我一块儿去南方进货去了。当初我爹住院时,鲍晓让用他的医保卡,说是这样住院费可以报销。"

我一听,顿时傻了眼。这时,外面传来汽车刹车的声音。鲍晓跑进了院内,看见我,他高兴地跑过来打招呼:"知道信了?还是老哥们好。"说着,他又掏出一把票据说:"来得正好,捎着给我报了吧。"我气不打一处来,把手里的死亡、除名证明甩给了他,"还报销?你把自己都给报销了,看看还有你这个人不?"

他看着看着,脸色变得像死人一样惨白。

报 答

当初县农场倒闭了,人们自谋生路。

老歪六岁时死了母亲,十七岁那年爹又撇下他走了。老歪开始孤寂地一人守着父亲给他留下的三间旧砖房。那天父亲下葬后,他久久地在坟前站着。

老歪在三间旧房里躺了三天三夜,又站在父母的坟前哭了几场。几天后,老歪变了,老歪站在农场场长卫良的门口,头发蓬乱,嘴里叼着一支劣质的烟,喷出的烟雾像凌晨的霜气。

老歪嗓音嘶哑:"场长,从今以后你就是我爹,我什么都指望你了……"

卫良远远地看着老歪,稳稳地坐在藤椅上没动,他垂下眼皮,悠然地点燃了一支烟。

老歪说:"你不管我,走着瞧,偷东西、点柴火我什么都干,反正一个人没意思,我破罐子破摔,什么也不在乎了。"

场长始终没抬头,只说了一句:"可别胡来。"

老歪走了,老歪没再找场长,场里的几垛麦秸却在几天后的夜里被燃成了灰。

有人找到场长家,场长没说话。

来真的!怕老歪再来狠的,场长掏钱为老歪买了头驴,买了轱辘车。

老歪开始赶着驴车拉砖运沙,收破烂,沙沙的嗓音在临近的街巷里喊。

农场实行个体承包,农场活了。老歪几年后的生活发生了变化,老歪盖了房,24岁那年娶了房媳妇,场长做了他的主婚人。长长的喜庆鞭炮在半空响起时,老歪哭了。老歪说:"想不到我老歪还有今天。"

老歪最服的是场长。老歪是泥,是场长把他变成了坯。每年春节,老歪总是第一个去给场长拜年。有人说:"老歪变了,变成了一头温顺的驴。"

卫良那天叫他。

这时候,卫良的脸上已经布满了皱纹,但卫良还是场长。卫良的脸沉着,要老歪去办一件事。

老歪义无反顾。

老歪那天没有回来。后来人们才知道,卫良的二女儿在城里被人欺侮,老歪进城把那人给打残了。

几年后老歪出来,出来的老歪脸上也有了深沟似的皱纹。

老歪出来后没去见卫良。老歪的媳妇还等着他,孩子已经齐腰高了。

卫良带着厚礼去老歪家看他,他闭门不出。

老歪更加勤快了。农忙的时候忙农活,农闲的时候做生意、打工,好像一口气要把耽误的光阴夺回来。

后来卫良闭眼那天,老歪远远地站在卫良的家门外,但始终没有进去。

有人说卫良下葬的那天夜里,他的坟前出现过一个人影,还听见了一阵啼哭声……

卖　牛

田田明天就要离开我家了!这头在我家辛勤耕耘了十几年的老黄牛,就要和我永远分别!狠心的妈妈恩将仇报卖了它!而这一切全是为了我!

一　初生牛犊

小时候,家里缺劳力,妈妈买了头小牛犊。它才三个多月,身上的黄毛油光油亮的,故起名田田。它黑亮的大眼睛,好奇地四处打量着新家。它钻进羊栏,想和与它差不多个头的大公羊玩耍,大公羊可不买账,竖起前蹄,用长角向这位侵犯领地的异类狠狠顶去。它灵活地躲开袭击,跑进鸭圈。鸭们正兴高采烈地觅食,冷不丁见一个黄色庞然大物奔过来,立马吓得嘎嘎乱叫,扑棱乱飞。大概觉得好玩,它一蹦一蹿地向鸭们追去,鸭们赶紧夺路而逃,跑进院子。又一次,它又去"拜访"看门狗——藏獒黑黑。黑黑对它更不客气,发出呜呜的低吼,然后猛地扑过来,带得铁链哗啦响。田田向后一闪身,绷紧后腿,那没长角的脑袋抬起,大眼睛毫无惧色地盯着黑黑,摆出副决斗的架势。真是初生牛犊不怕虎!幸亏链子锁着,要不然说不定出啥乱子。

妈妈见小牛犊调皮,怕我驾驭不了它,她找来根牛绳,要给它穿鼻子,把绳子从一个鼻孔穿进去再从另一个鼻孔拉出来,该多疼啊。我看着妈妈用粗粗的铁针带着绳子往田田鼻孔里扎,鲜血顿时顺着鼻孔留下来,流在它嘴里。它疼得四蹄乱蹬,脑袋乱晃,哞哞哀叫,大眼睛绝望地看着我。我扑通一声给妈跪下了,哭着对妈说:"妈,求您了,它那么小,多疼啊。不拴它我也能放好牛。"妈妈停下手,叹了口气说:"这是牛的命运啊,谁家的牛不拴鼻绳。哎,念它还小,那就以后再说吧。"

我这小学生成了放牛娃。放了学,我带着它到草滩,去河边放牧。我让它自由自在地吃草,跟在它屁股后面念书。它吃饱了,就去河边悠闲地饮水,然后回到我身边,卧在草地上。它常用宽宽的舌头轻舔我的胳膊,特别爱舔我胳膊上种疫苗留下的小圆疤,一遍一遍地舔,仿佛要把那疤痕舔光。

我半卧在草地上看书,田田用它慢慢长出角的头在我脊背上蹭痒。不知不觉两年的时光过去了,田田头上长出了大角,身体魁梧雄壮。按农家惯例,妈妈还是给田田的鼻子穿上了牛绳。从此它成了我家的主劳力,犁田、拉车。我再放牧它,它会跪下来,让我顺利地爬上它宽阔的脊背。我手里攥着牛绳,骑着它走向河边。

二　奋力救主

　　这年夏天,雨一连下了数天。放晴之后,我和村里的小伙伴赶紧去河边放牛。河水涨了很多,我和伙伴们的心里乐开了花。放下牛连蹦带跳,下河游泳。游到河心,山洪突然爆发。河水打着漩涡,波浪翻滚奔腾而来。转眼间,我被激流卷走。我在浪涛的漩涡里沉浮,听见伙伴们惊恐地叫喊着我的名字,听见田田深沉的呼叫。我绝望地挣扎,拼命地连连大喊:"田田,快来救我,救我!"不多时,我耳边响起了田田哞哞的叫声,只见它奋不顾身在洪水里向我游来。这时,我感到水里好像有条鞭子在抽打我,抓住一看,是田田鼻子上的牛绳在洪水里漂荡。我像看见了救命稻草一般,一把抓住,死不撒手。我在洪水之中沉沉浮浮,波浪狠狠地拍打着我的头顶。我睁开眼,只见田田正吃力地拽着我向河边游去。洪水冲刷加上我的体重,牵牛绳被拉伸得笔直。牛鼻子该承受着多大的牵引力!田田奋不顾身,用鼻子拼命把我拉上岸。

　　我看见,田田已精疲力竭地趴在泥里,鼻子鲜血淋漓。我替它擦着血,牛脸阵阵颤抖。我心里阵阵疼痛:原来牛绳深深嵌进鼻肉里,几乎将鼻孔拉穿!

　　田田,你是我的救命恩人。

三　顶家梁柱

　　有一年春天,田田耕完我家的地后,就被街坊借了去,每天给八十元劳务费。临走,母亲拍拍它说:田田,给你找事了。邻居的忙不好不帮,等回来再好好犒劳你。

　　几天以后,我放学后来,看见田田已被送回来。我登时傻了。它疲惫地趴在牛圈边,眼眶含着泪,背上被鞍子磨出串串血泡,屁股上一道道血痕,那是鞭子打出的痕迹。母亲正给它上药,也是满眼泪花。

原来,那街坊借了牛后,生怕花钱不够本,拼命使唤它,而且舍不得喂它,正应了那句"又想马儿跑,又想马儿不吃草"。一天,田田在山路上摔了一跤,跌破了膝盖。街坊哪管这些,依旧让它耕田。田田犁不动了,就狠命抽。该死的街坊,他不光犁完了自家的地,还加码犁完了他亲戚的地,才趁夜色送回。我去河边割来鲜嫩的青草,妈妈给它用玉米面蒸饼子。我每天放了学就守着它,给它上药,为它驱赶伤口边的蚊蝇。

它伤好后,还去耕田。我们孤儿寡母,靠它给别人耕田挣来的钱过日子,供我上学。几年过去了,我终于考上了大学。

四 艰难诀别

听说母亲为了筹集我的大学学费,已联系好卖家,决定把田田卖掉,并打算进城打工当保姆,供我上学。卖掉田田!我一听急了眼:田田是我的救命恩人,是我家的功臣,为了家里拼死拼活,如今它将步入老年,我们怎能干这没良心的事。妈妈委屈地说:孩子,你以为我愿意卖它!它也是我的孩子!家里没钱,你怎么去念书?我悲痛欲绝,赌气地说:那好,我不去读大学了!

妈妈二话不说,狠狠抽了我一个耳光。"你敢!我们穷得要有志气!你爸死得早,妈一个人苦这些年为了啥?还不是想让你长志气,将来有出息!别说卖牛,就是把妈卖了供你上学,妈也心甘!"妈妈的话让我震惊得目瞪口呆。

临走那两天,妈妈天天给田田改善生活。我默默地去河边割青草,回来亲手喂它。妈妈蒸玉米饼子,掰着喂它。

一天,买主到了,妈妈去牛圈牵牛。哪知田田似有预感,前腿

死死蹬地,不肯出来。妈妈说:田田,田田,出来吧,新主人家条件比这里好,不用在这里受罪了。

田田还是死死地抵住门栏,牛角抵进了门柱。

妈妈见拉不动它,转身找来根木棍,刚扬起木棍,已是泪流满面,她哭着用木棍轻敲着牛屁股:"咋不听话?我心里好受?求求你,再听我一句话吧。"

田田像是听懂了,它迈着沉重的步子慢慢走出来,眼里竟含了泪花。它死死地盯着我,仿佛在问:你怎么不替我说说情?像小时候那样站出来,不让妈给我穿鼻绳。

田田被人牵走了。我和妈妈送了一程又一程。妈妈终于腿一软,瘫在地上呼天抢地地哭。

我扶着妈妈往回走。这时,我听到田田那低沉痛苦的哞哞叫声。我的眼泪,再次夺眶而出。

从此我再也没见过田田。但多年过去,那低沉痛苦的哞哞叫声,依然回荡在我的脑海里。

瘸鸭贝贝

南方农村谚语:果树剪了枝,方能果满园。

鸭子断了腿,才会飞上天。

阿公家的鸭棚孵出了一群小鸭崽,金黄黄、毛茸茸,煞是可爱。小家伙们很快有了自己的领袖——大脑袋小鸭贝贝。一次,小鸭们来到池塘边,叽叽喳喳往后闪,谁都不敢下水。小鸭贝贝勇敢地振振小翅膀,"扑通"一声,第一个跃上水面。大脑袋不停地点着,嘴里嘎嘎叫。它告诉小鸭们:来吧,这里很好玩。小鸭们才纷纷下水。

小鸭群像只金三角在碧绿的水面移动,划出道道人字形波纹,悠悠地向池边伸展。贝贝是那三角形的尖尖,它游到哪儿,小鸭们就跟到哪儿。

阿公有个3岁的孙子叫宝宝。最喜欢贝贝了。宝宝经常抱它玩,喂它饼干、米饭,有时把它放在水盆里,看它洗澡、戏水。宝宝哭闹时,阿婆就把贝贝抱来。贝贝冲宝宝不停地点头,哈腰,摆尾,嘎嘎叫,像在打招呼,逗得宝宝一下子破涕为笑。

一个月后,贝贝脱了绒毛,披了一身黑白花的羽毛,亮晶晶,光闪闪。全家人都宠爱它。

一天深夜,鸭棚传来鸭们的阵阵惊叫。阿公以为黄鼠狼来叼鸭,赶紧从炕上爬起来去鸭棚查看。鸭倒没少一只,只是贝贝扑棱着翅膀倒在地上,痛苦地嘎嘎叫。阿公抱起一看,原来贝贝的一条腿被老鼠咬断了,鲜血直淌。唉,真是枪打出头鸟,好鸭没好命!阿公心疼得直皱眉头,赶紧给它包扎伤口。

贝贝保住了一条性命,但从此成了只有一条腿的瘸鸭。它走路迈不了步,只能靠俩翅膀扇动,单腿一蹿一蹿艰难地跳。开饭时,它再也不能挤上前,和大家一块儿狼吞虎咽,只能孤零零地站在一旁,等候伙伴吃饱离开食槽,才上前捡些残羹剩饭充饥。宝宝看见贝贝断了腿,难过得哭了一场,从此不再找它玩了。一次,宝宝哭闹得厉害,阿婆怎么哄也不行。听到宝宝的哭声,贝贝扑棱着翅膀从鸭棚赶过来。阿婆说:"宝宝看,贝贝来跟你玩了。"宝宝摇着头,哭得更欢了:"我不跟它玩,它是瘸腿,不好看!不好玩!呜……"贝贝静静地站在那儿,好像明白了什么似的,慢

慢地扇着翅膀,不声不响地出了屋门。

每天清早,阿公都赶着鸭群去大淀里放牧。鸭们欢快地叽叽喳喳涌出鸭舍,鸭棚里一下空空荡荡,只剩下贝贝自己,眼睁睁看着大家欢笑而去,孤零零地盼伙伴欢笑归巢。

一天阿公赶鸭回来,阿婆说:"你看看吧。贝贝准是疯了,整天上蹿下跳的,不停地乱扑腾。"

第二天,阿公让阿婆去放鸭,他留在家里看动静。只见贝贝果真在空旷的鸭棚里乱飞乱跳。它一会儿扑上窗台,一只脚站不稳,头撞在墙角上,渗出几滴血珠;一会儿又飞身上树,挂得鸭毛乱飞。它飞着,蹿着,终于累倒在地上呼呼喘气。阿公抓一把小鱼扔给它说:"省省吧,你可不是天上飞的料。"哪知贝贝似乎听懂了,仿佛有点不服气。只见它冷不防憋足力气,一下子又蹿起来。这一次它成功了,竟飞上了屋顶。阿公惊喜得张大了嘴。从此,阿公、阿婆对贝贝练飞习以为常。

一个月后的一天,阿公正在大淀里放鸭。忽听天空一声鸭叫,吓了他一跳。转眼间,一只大鸟落在他的小船头。阿公仔细一看笑了:呵,是贝贝。哈,你终于历经磨难飞起来了。贝贝高兴地游向水中的伙伴,哪知它只有一只脚划水,重心不稳,游起来东倒西歪的,不断呛水。它努力借助翅膀保持平衡,像人们在蝶泳一般。经过苦练,瘸鸭贝贝终于掌握了单腿划水,游起来和其他伙伴一样快。

从此,每天阿公赶鸭到大淀里不久,贝贝就随后飞来加入队伍。有一次,阿公赶鸭走了,阿婆想起要去赶集,就在贝贝腿上绑好钥匙,让他捎给阿公。贝贝完成了任务。

这一天,阿公穿起整洁的新衣赶鸭,临走把贝贝锁在鸭舍说:"贝贝,你今天甭去大淀了,在家玩一天吧。"阿公走后,贝贝使劲扑腾着栅栏门,不安地嘎嘎叫着,好像在严重抗议:为啥我能跟上队伍还偏偏留下我?是不是对残疾者有偏见?你们歧视我!嘎嘎……阿婆过来打开门,扔给它一把小鱼告诉它:"阿公今天进城,你好好在家待着吧。"哪知贝贝乘机钻出门缝,飞上了蓝天。

在离县城不远的水面上,贝贝追上了鸭群。独特的游姿,让阿公很快发现了它。他挥动竹篙不停地驱赶,它左闪右闪,挤在鸭群里不肯离开。阿公无可奈何摇摇头,叹了一口气。

贝贝随鸭群进了一个大院。院里堆了很多同类的尸体,空气中弥漫着血腥味。几个凶巴巴的人手持明晃晃的屠刀在杀戮,不时传来鸭们的惨叫。贝贝似明白了阿公阿婆不让它来的原因。这时,一个持尖刀的人向它走来,贝贝急忙双翅一抖,展翅飞离了屠宰厂。

贝贝原路飞回,飞到大淀里,落在苇丛中歇脚。它发现,绿苇丛里栖住着很多陌生又相似的同类。它们褐色羽毛,粉红嘴巴。雁们友善地接纳了它。

于是,贝贝留在了大淀的绿苇丛中,和新伙伴一起游泳、觅食,每天飞上蓝天,努力锻炼自己的翅膀。

在秋高气爽的一天,他和新伙伴一起,飞向遥远南方的旅行。

鳄鱼岛

缅甸的兰里岛位于孟加拉湾东岸,小岛像块祖母绿宝石镶嵌在蓝色的海面。岛上,树木参天蔽日,灌木茅草郁郁葱葱,鸟语花

香、人迹罕至。小岛周围,水面碧波如镜,白天用望远镜望去,水中矗立着一道道莽莽苍苍的"山脊"。山脊上,有一条条锯齿形背鳍。这一道道"山脊"连绵不断,组成一张环形大网把小岛团团围住。夜晚来临,水面上亮起无数盏黄绿色晶莹的"小灯笼",仿佛天上的群星漂在水面。黑色"山脊"其实是鳄鱼的背,"小灯笼"是鳄鱼的眼睛。这就是著名的鳄鱼岛的独特景观。岛上居住着数万只鳄鱼,它们在岛上筑巢下蛋、孵化哺育,平静地生存和繁衍。

岛的山顶,矗立着一座青色的纪念碑。鳄鱼浮雕的石底座,伫立着一只花岗岩雕刻的硕大鳄鱼。它警惕的眼睛凝视着海面,翻卷的尾巴预示它将腾空而起,扑向入侵之敌。碑文分别用缅甸文和英文记载了鳄鱼军团全歼一千余名日寇的事迹。

1945年2月19日,太平洋战争已接近尾声,在孟加拉湾海域巡逻的英国舰队截击了一支企图从海上撤回日本的侵缅日军船队。双方展开了激烈的炮战,英军舰队的力量远胜于日舰,不一会儿,日军的几艘军艇被击沉,装载有1000多名日本陆军的两艘运输船,慌忙驶到兰里岛登陆,以兰里岛作为阵地负隅顽抗。

日本陆军登陆后,如鱼得水,战斗力得以恢复。岛上日军的顽强抵抗给英军造成了很大的麻烦。激战到天色渐晚,英国舰队的登陆艇一次次被击溃,只好对小岛进行海上封锁,一边研究和制定第二天的作战方案。

入夜,疲惫的日军横七竖八地躺在地上。正当他们准备好好睡一觉来应付第二天的战斗时,突然,他们白天没有注意到的那些鳄鱼悄悄蹿出水面,黑暗中向岛上游来。原来,英日海军白天激战的枪炮声,把鳄鱼吓得藏入了水中。

天黑以后,随着潮水退去,鳄鱼被岸上死伤士兵身上发出的血腥气味引到岛上。它们发现,自己的窝被挖成了工事,后代像鸡蛋一样被踩烂,它们愤怒地扑向入侵者。日军梦中惊醒,被突如其来的鳄鱼的进攻惊呆了,他们虽然拼命用机枪、步枪向鳄鱼射击,但还是招架不住四面八方潮水般的凶猛袭击,张张复仇的大嘴,撕咬、吞噬着侵略者的四肢、脖颈。顷刻间,惨叫哀号之声响遍整个小岛。

在海上指挥部里,英军正在研究作战方案,突然舰上执勤人员急匆匆地跑来报告说,岛上日军突然传来激烈的枪声和乱哄哄的喊叫声,估计可能是与其他部队发生了战斗。英军指挥官很困惑,询问值班军官有没有友军同英军联系,得到否定的答复后,立即下令派遣一艘小艇去侦查情况。

东方发白的时候,前去侦察的小艇飞速返回指挥舰报告,从艇上下来的侦察兵个个脸色惨白,一副恐惧的样子。"报告长官,全是死人,还有鳄鱼!"被惊吓过度的侦察兵语无伦次地说。

当英军上岛时才发现,满岛都是被鳄鱼撕碎了的日军尸体和上百只被枪弹击毙的鳄鱼尸体,1000多名日军几乎都成了鳄鱼口中的美味佳肴。整个小岛都被血水染红了,最后,仅找到了20名幸存下来的日军士兵,他们个个精神崩溃,面如土色。

如今,小岛是缅甸鳄鱼自然保护区。旅游观光团来岛上,都会向那些英勇的鳄鱼及它们的后代表示敬意。却从未出现过鳄鱼袭击人的事件。

放虎归山

在大兴安岭的密林里，冷不丁出现了一只色彩斑斓的东北虎。

那天，林场的一名职工在小路上，看见老虎大大的个头，张着血盆大口，迈着威武的步子迎面朝他走来。他顿时吓得尿了裤子，瘫倒在地上，直愣愣地盯着老虎。老虎走过他身边时，闻到了他尿液的腥臊气息。要知道这是它的领地，岂能容许他人在此撒尿圈地？它转身走过来，在他身上闻了闻，打了个喷嚏。大概确定这尿液非同类所撒，于是看也不看那人一眼，从容离去。那职工早吓得满头大汗，晕了过去。

情况紧急！林场领导得知情况后，特为此连夜下了文件：要求职工外出注意安全，出外作业需三人以上结伴同行，防止老虎伤人。

一天，三个职工外出检查苗圃。半路上，从树丛中突然蹿出个黑色庞然大物。它一巴掌打倒了前面的工人，并一撅屁股实实地蹾在他身上，压得他喘不过气来。跟在后面俩工人定睛一看，妈呀，黑瞎子！两人顿时魂飞魄散，转身就跑。这真是前门拒虎，后门来熊。

黑熊力大无穷凶残无比，还是回去多找人吧。那熊也不追赶，坐在那职工身上，等他被压窒息再享用。那职工被500多斤的大熊压得难受，不由腿脚乱动。这一动，触怒了黑熊，它一把揪下他的耳朵,疼得那人惨叫了一声。黑熊更加愤怒,利爪伸过来,把他抓了个满脸花。黑熊害人前有戏谑人类的习惯,正当他进一步残害职工的当口,它听见一声山呼海啸般的怒吼,震得树上的叶子哗哗响,扭头一看,是山林之王带着一股旋风扑过来了。

　　黑熊自知非虎王的对手,好汉不吃眼前亏,既然您老要这食物,您享用吧。它转身溜走了。老虎并未追赶。它围着昏厥的人转了几圈,在一旁趴了下来。这时,远处突然锣鼓震天,原来两名跑回去搬救兵的职工,带着人们手持棍棒赶来抢救。看到眼前这情景,大家不由得愣住了。我的天!明明跑的时候,是黑熊在残害工友,怎么现场又变成了老虎?人们吓得一时不敢上前。老虎看看人群,站起来抖抖身上的毛,依然迈着从容的步子,向密林深处走去。人们赶紧把伤者抬回抢救。

　　得知竟是老虎赶跑了黑瞎子救了人。大家不禁感慨万千。啊,竟是头不害人的老虎!难得!不愧是兽中之王!

　　后来,林里来了个背包的不速之客。林场职工警惕性高,对闯进林子的陌生人一律要出示证件盘查。见来人是省科研所的研究员,林场一路放行,并嘱咐他注意安全,因为这里正闹老虎、黑熊。来人微笑点头。

　　这天,在巡视林场的职工匆匆跑回来,上气不接下气地告诉人们说,他看见,那头不害人的老虎,变了性情,正发疯似的追赶那研究员。看来凶多吉少!人们闻讯,立马组织救援队,个个手持刀枪棍棒冲进深山老林里救人。

　　等他们来到现场,竟被眼前的一幕惊呆了。只见那猛虎如孩子一般躺在研究员的腿上,不时地撒娇、亲昵。研究员一手轻轻抚摸着它的脑袋,另一手掰开老虎的大嘴,用一把特大的牙刷,为它细细地刷牙。

研究员告诉人们,这老虎从小靠人工抚养,并经过数年野外生存训练,合格后,为便于研究和跟踪保护,在它耳后安装了信息装置,才将它放归山林。这时,人们才恍然大悟,怪不得这老虎不害人,它是人工抚养大的,自然会与人亲近。

这消息不胫而走,林场也解除了老虎伤人的禁令。

两个星期之后,林里来了一个盗猎者。他是偷偷进来的,因为森林里早已明令禁止狩猎。但是猎人需要钱,一张虎皮或者熊皮价值成千上万块钱。猎人是在毫无防备的时候遭遇老虎的。那天,他翻山越岭,实在太疲倦了,靠着一棵大树,竟睡着了。当他被一阵轻微的簌簌声弄醒的时候,他睁开眼,竟看见一只硕大的东北虎近在咫尺!盗猎者立时血脉贲张,脑袋里"轰"的一声呆住了。枪就在他手边,子弹早已上膛,但是那时,他吓得动弹不得。这时,令人意想不到的是,老虎竟挨着他蹲了下来,两眼望着他,仿佛在打量,这人怎么了,是不是不舒服,病倒了?我还是守着你待会吧,这深山老林,免得你出意外!

这时,盗猎者突然鬼使神差地明白了:这老虎,准是那只不害人的老虎,我还差点被你吓死!算你倒霉!

老虎耐心地守着他。这时它哪里知道,猎人借着皮大衣的掩护,悄悄地把枪口对准了老虎的头颅,狠狠地扣动了扳机。

数天后,那科研所研究员在总结中悲愤地写道:此次放归山林的项目失败,源于老虎从小人工抚养,太亲近人类。我们没教会他要防范人类,忽略了人性的险恶。

狒狒巴克

数年前,在西双版纳的密林中,科考队捡到一只掉队的小狒狒,起名巴克。这小狒狒聪明伶俐,天生不惧人。

一次,队里要开文艺晚会,女队员穿起漂亮的傣族服装,排练起优美的孔雀舞。巴克站在一旁一动不动地看,手里跟着比比画画,手舞足蹈。当天晚上正式演出,姑娘们载歌载舞,自信地陶醉在曼妙的舞姿中,冷不防观众里传来哄堂大笑和起哄般的鼓掌,弄得姑娘们莫名其妙:咋回事,莫非我们跳错了?她们赶紧回头,顿时明白了。原来,不知何时,小狒狒巴克蹿到台上,跟着音乐手舞足蹈。更令人笑开怀的是,巴克用姑娘们的化妆油彩,胡乱地抹在脸上,一道黑一道白,花里胡哨的像个小花脸。

回到市里,科考队长把它送到市杂技团,既然有表演才能,就发挥特长,好好培养它吧。

在杂技团的培训班里,狒狒巴克刚开始很感兴趣,学习翻跟头,骑自行车,挑水过天梯等项目,它总是学得最快、最好的。驯兽师很高兴,逢人就说,这小巴克了不得,是个表演天才,一定得把这狒狒培养成轰动世界的超级动物明星。

于是,他给巴克制定了繁重的学习训练计划,每天加小灶。别的动物练完,一边休息、玩耍去了,他却让巴克继续训练。巴克一边练,一边羡慕地看着同伴们嬉闹。它心里不舒服,凭啥它们歇着,我却没完没了地练,不公平!

最让它头疼的是算数学。这种人类七八岁小学生的题目,却偏偏让它这几个月的狒狒来做。做会了个位数加法,又让它去做十位数加法。好不容易会做了,又让他去做减法。巴克累得头疼死了。它拼命地忍着,应付这无休止的加码,免得悬在头上的电棍触在它身上,让它半死不活。

终于有一天,它忍不下去了。它恨那题板,那可恶的题板,总写着让它绞尽脑汁的数学题。一次,在拿着玻璃板做题时,趁老师转身,它举起写题板,狠狠地往地下一摔,啪的一声,写题板被摔得粉碎。老师气得歪了鼻子,反了你了!为杀一儆百,在众动物面前,老师用皮鞭狠狠地抽打巴克,打得它皮开肉绽,吱哇乱叫。老师并未停手。棍棒底下出孝子,何况你一只区区的小狒狒!

巴克伤好后,训练量更大了。但巴克变了,它变得开始讨厌学习,脾气也变得暴躁。一天,老师让它练习躲飞刀。它站在木板前,看着老师怒目圆睁,把一把把飞刀掷向它的脸四周,把把锋利的匕首带着风声,当当地戳在它的脸边。老师仿佛在无端戏耍它,戏耍够了再戳死它,它惊恐、愤怒,吱哇一声大叫,拔下脸边的飞刀,狠狠地向老师投掷过去。巴克虽然没练过掷飞刀,可这一投异常精准,飞刀不偏不倚,戳在了老师的右眼窝上。

好在巴克投掷的力气不大,刀子扎得不深,只刺破了眼球,老师保住了一条命。

天才表演者巴克,在人们眼里顿时变成了凶手。是凶手自然就该被处置,还好国家适时出台的动物保护法救了它的命。它虽被打了个半死,腿被打断,却避免了被处以极刑的命运。杂技团委托科考队,把巴克送回了西双版纳的密林中。

数年后的一天晚上,省科考队在林里宿营,他们又举办了晚会。当年的姑娘们如今已是孩儿妈妈,但她们的兴致不减当年,又跳起了孔雀舞。这时,会场响起惊奇的叫声。她们回过头,只见一只跛腿的壮狒狒手持木棍,怒目圆睁地看着他们。它脸上抹了油彩,显得十分滑稽。它的身后站着愤怒的子民——一群龇牙咧嘴的狒狒。

这时,科考队认出来了:领头的正是当年的狒狒巴克,它大概是率众来寻仇了!

全体科考队员都默默站起肃立。队长向巴克深深地鞠了一躬,说道:对不起巴克,当年我们不懂动物保护,让你受了委屈。请你原谅。

巴克仿佛听懂了什么,一声长啼,它扔下木棍,带着它的队伍,一瘸一拐地消失在茫茫密林中。

斗　智

在动物里,狐狸是最狡猾的,这大概出于它生活的本能。论威武它抵不过虎豹,论凶狠它斗不过豺狼,更别说它还要应付高智商的人类。生活逼着它绞尽脑汁,发挥聪明才智。我认识一位新疆的老猎人,它告诉我很多狐狸的故事,让我对这历来不感冒的动物,肃然起敬。

一　调虎离山

狐狸常围着草原牧场上的羊群打转,它想吃羊群里的羔羊却又害怕牧人的猎枪,就想出了个奇招。

一个大白天，牧人穿着厚厚的皮衣，守着自己的羊群晒太阳。这时，他看见自己左侧有一只一瘸一拐的狐狸经过。它行走得很慢，显得很艰难，拖着美丽的大长尾巴。牧人想，这狐狸准是受了重伤。

这是上天送来的礼物，怎能不接受？他提起牧羊鞭，朝狐狸走去。

这狐狸仍然慢慢向前艰难地爬行，好像随时会倒下。牧人向它靠近一点，狐狸便吃力地往前走一点，始终和牧人保持着一段距离，让牧人欲罢不能。他觉得只要再追几步，狐狸定会到手。

就这样，牧人随着受伤的狐狸，一前一后往山外走去。拐过一个弯后，牧人不耐烦了，突然快速扑向狐狸。谁知这受伤的狐狸一转身，似利剑一般向草原深处方向跑去。原来，这只狐狸是装瘸，根本就没有受伤。牧人明白受骗上当，赶紧往回跑。

等他回到羊群处，发现刚才散落的羊群已经自动聚拢。牧人一数，发现羊羔少了一只。原来刚才那只狐狸引诱自己离开后，埋伏在一旁的另一只狐狸就冲入羊群，迅速叼起羊羔跑了，好一招调虎离山之计。

二　舍命救子

这天，一个牧人到县里卖皮货。回来时，为赶时间，他抄近道走。

他沿着已干枯的河道向山上走去。路边有一处长满蒿草的土丘。牧人知道，这种地方常有狐狸出没，有人看见过小狐狸崽。他好奇地朝那土丘走过去。

这时，他听见了一声怪叫。扭头望去，只见不远的河坝上，一只金黄色的狐狸仓皇而逃。大概跑得慌忙，竟一头撞在了树桩上，满头是血，浑身颤抖。

牧人心里一喜,今天是啥好日子,竟让我白捡一只狐狸。他策马扬鞭,掉头朝狐狸奔去,狐狸则拖着长尾巴,跌跌撞撞地向前走去。牧人扬鞭加速,狐狸也加速。这样追出了一里地,狐狸突然回头朝土丘怪叫了一声,就加快速度,消失在远处。

牧人回过头,向土丘望去。只见另一只狐狸,嘴里叼着自己的幼崽向山里跑去。牧人恍然大悟,是自己误闯了狐狸哺育幼崽的洞穴。为了保护幼崽,狐狸不惜自残,来吸引迷惑入侵者,给幼崽留下充足的逃生时间。

三　置之死地

一天,一位老猎人带着他心爱的金雕狩猎。

那天运气似乎特别好,金雕很快捉到一只体型硕大的的狐狸。金雕与狐狸进行着最后的决斗。金雕一只利爪抓住狐狸的后背,只要狐狸疼得回头,金雕的另一只利爪就会抓住狐狸的脖颈,从而拧断狐狸的脖子,置它于死地。然而狐狸老谋深算,忍住疼痛,就是不回头。从坡上扭打到坡底。金雕趁下坡之际,飞出利爪抓住狐狸的脑袋,狐狸才停止了抵抗。

猎人很快赶到。只见金雕雕毛竖立,惊鸣不已。脚下的狐狸早一动不动,似已命丧黄泉。

猎人一时高兴,忘了仔细检查猎物。他先犒劳金雕,然后收雕:即帮助金雕的爪子从狐狸身上拔出。

金雕还沉浸在胜利的兴奋中,扑棱着巨大的翅膀。猎人正仔细检查金雕是否受伤,就在这时,令人咋舌的事情发生了:只见死狐狸就地突然腾空翻身,像离弦之箭向远方奔去。这时,金雕已被戴上了眼罩。金雕体型大,无法在低洼处起飞。只好眼睁睁地看着到嘴的"鸭子"飞了!

五　婶

　　1964年秋天,五婶吊死在村外千里堤的大杨树上。她死的姿态很奇特。杨树枝干挺拔,枝杈繁多,五婶却选了最低的树杈吊上去。她两腿卷曲着,似挨不挨地擦着地面,面朝树下的坟头,跪着死去。

　　坟里躺着五婶的前夫——抗日英雄、独臂旅长杨明。台儿庄战役中,他率部与日寇血战三天三夜,歼敌3000余名。杨旅长手握大刀,在日军中冲杀,被日寇砍掉了一只胳膊,血染军装浑然不觉,直到昏死过去。战士们护在旅长的身边继续拼杀,一个个倒在旅长的身上,用肉身和鲜血掩盖了旅长的身躯。九死一生归来,杨明成了家喻户晓的英雄。抗日战争胜利后,杨明在南京国民政府当了个副处长。他在那时认识了五婶。五婶时年18岁,是秦淮河上的当红妓女。

　　五婶姓柳,13岁就被卖到妓院,日渐生得婀娜多姿。她天生丽质,细高身材,走起路一摇一摆,艺名风摆柳。人说话细声细气,小鸟依人一般的温柔。凭女人的直觉,她觉得他是个好人。军人的英武气质,谈吐流露的书卷气深深地吸引了她。两人一见如故,如胶似漆。一天,五婶长跪不起,捣蒜似的向杨明磕头:"爷,救我出火坑,小女子给你当牛做马。"杨明犹豫了。他喜欢风摆柳,但他浙江老家有妻儿,是家里在他上大学前包办的,自投笔从戎后一直没回去过。

五婶甘愿当姨太太。五婶烧了接客穿过的绸缎衣服,大哭了一场,告别少女时代的屈辱。她定做了一身银白的旗袍,穿着它从良,誓做一个正派的女人。蜜月很快被解放战争的炮火炸碎,在国民党迁台的名单中,杨明在册。只是他军衔低,不能带家属。五婶天天以泪洗面。杨明不断找上司求助,希望带上妻子,始终无果。南迁的军舰汽笛声声催叫,就在他转身出门之际,五婶穿着从良时的白旗袍跪着爬近他,双臂紧紧搂住他的双腿:"恩人先别走,开我一枪。"

　　杨明长叹一声,蹲下来把她扶起:"傻丫头……"五婶高兴地说:"咱回乡下老家,买几亩地,俺养活你。"……

　　从此两人隐姓埋名,居住在乡下。五婶每天下地干活,杨明在家看书、烧水。傍晚,村民看到,他们手拉手到大堤上散步。风吹打着男人的断臂空袖,细心的五婶把袖筒掖进他的皮带里,轻轻挽住他另一只胳膊。

　　杨明看到五婶辛苦,从邻村给她雇了个帮工,家里活、地里活让他帮着五婶干。这帮工就是五叔。五叔家一贫如洗,兄弟五个都打光棍。那时五叔25岁,身材高大,干活勤快。他在城乡四处打短工,见过些世面,进城嫖过娼,弄大过地主闺女的肚子,人称花五。

　　花五打扫、收拾堂屋时,发现了男主人的来头。一天五婶下地,耪一人高的玉米苗。她蹲下刚小解完,就被一双有力的胳膊紧紧抱住,扳倒在玉米地里。五婶像只被困的野猫连踢带踹、又挠又咬,大叫:"花五,你放手!小心我男人劈了你!"花五见制服不了她,喘着气悻悻地说:"臭婊子,你男人的命在我手里!缺胳膊的反革命,我只要去告,就能把他抓起来!"女人立时像头顶挨了一棒,停止了挣扎,眼角淌下屈辱的泪水,任五叔肆意妄为。20

岁的肉身渐渐被男人的强悍征服,开始呻吟、扭动。五叔筋疲力尽,倒在一边喘气。她光着身子跪在他跟前:"五爷,我给了你了。我男人是个好人,你饶了他吧。"

回到家,女人没完没了地清洗身子。深夜,她紧紧地搂住独臂丈夫无声哭泣。

杨明心烦,常担心哪一天被"镇反",与五婶房事寥寥。事业没了,原来的家庭被他抛弃了,五婶是他最后的救命稻草,是他最大的安慰。有一天,他心血来潮想去地里看看。每天妻子都疲惫地走回家,背上常沾着泥土,这让他心疼。到了玉米地里,他呆住了。他不相信眼前的一幕:妻子在花五身下,肆意地呻吟,摇晃颠簸,似痛苦又似欢笑地迎接男人的一次次冲击。

"后院"起了火,生命的支柱崩塌了!第二天,杨明笔直地吊死在村边的大杨树上,胸前挂着台儿庄战役的军功章。五婶跪着哭得死去活来。

后来,五婶嫁给了五叔。对五婶,他像吃家常菜一样吃腻了。五婶当妓女时吃过药,生不了孩子更是让五叔恼火。五叔风流,睡过不少大闺女小媳妇,这越发让他嫌弃五婶,动不动就拳打脚踢。杨明死后,五婶觉得自己是个贱人,更逆来顺受。她常跪在炕上,望着大堤上的白杨树自言自语、嘟嘟囔囔,眼光呆滞。一天晚上,五叔喝闷酒,发酒疯把五婶打了个半死。

次日,五婶穿上银白的旗袍吊死在杨明坟前。

千里堤大杨树下,多了个新坟。五叔为划清界限,入殓时躲开了。人们想把五婶跪着的双腿放平,五婶像地下有知,掰都掰不直,只好侧身入殓。不知谁在坟前栽了棵柳树,几年后,杨柳枝杈攀缘,枝叶交错,仿佛在厮守拥抱,低声倾诉。

(补记:1995年这里立了个纪念碑。碑上刻着:台儿庄战役抗日英雄杨明及夫人长眠于此。21世纪初,一位80岁的老婆婆,在60多岁儿子的搀扶下,来墓前默默祭奠良久,自言自语说:"你身边有人陪伴,我放心了。"然后,两人默默离去。一个看热闹的老翁不干了:"谁陪他?那是我老婆!")

呵 护

  我是酒店保安。一天,我在宾馆楼道里巡视,听到四楼一间客房里传出动静。我贴耳一听,听见客人正嬉笑着纠缠石小柔,不时传出小柔的几声惊叫。我赶紧咚咚咚地敲开了门,礼貌地冲客人微笑点点头,然后对满面通红的石小柔眨眨眼说:"还不快去,经理有急事找你。"石小柔如遇救星,赶紧从门缝立溜了出来。

  自此,她对我产生了好感。她高挑个子瓜子脸,细长眉丹凤眼,是酒店公认的美女。我俩表面不显山露水,暗地迸发出爱情的火花。即便班上各忙各的,也偷闲在对讲机里甜蜜腻歪两句。

  一天,我正在酒店广场巡逻,对讲机里突然传来石小柔抽噎的哭腔:"快来,救我!"我顾不得等电梯,气喘吁吁地跑上六楼。那豪华套间门口挂着"请勿打扰"的牌子。我大喊一声:"石小柔别怕,我来了。"我退后两步,肩一沉把门撞开了。

  只见一个体型肥胖的中年人,赤身将石小柔压在床上。她哭着拼命挣扎,我怒火中烧,扑上去一把将那家伙撂倒在地。这人面熟!他姓曾,摆地摊修自行车、摩托车起家,如今是全成汽修厂的老板。妻子因病过世后,常来酒店找乐子,上次调戏石小柔的就是

他。欠修理！我骑上去一顿狠揍，谁也拦不住，直到经理过来拉开。

没想到过了会儿，经理竟客气地把曾老板送出门。那家伙瞪了我一眼说："小子，你欠我一顿揍！"说罢，蹿进他的奔驰轿车，一溜烟扬长而去。

经理叹口气，劝我：老曾是咱酒店的金牌客户，财神爷！又没把石小柔咋样，嚷嚷出去好吗？——和为贵吧。

就是这经理，为讨好曾老板，特意派小柔去他包间送水，才出了这事！

不久，石小柔的母亲为她定下了一门亲事，男方竟是这曾老板！他来酒店休闲看上了石小柔，骚扰不成竟真动了娶她的心思。大概怕正面碰钉子，他"迂回包抄"，托人带着丰厚的彩礼到她家说媒。女儿能攀上大老板，哪辈子修来的福分！石小柔母亲当下拍板应允。谁想女儿背着自己另有男友，气得她跳脚反对。一个打工仔能让闺女过好日子？大老板送上门不跟，疯了？傻了？石小柔苦苦哀求，老人家亮出撒手锏：撒泼打滚，跪地磕头，寻死觅活。石小柔哪见过妈妈这般阵势，吓得败下阵来。事后，她哭着对我说："哥，忘了我吧。我下辈子铁定做你媳妇。"

此后，曾老板常拎着礼物大摇大摆地来酒店。一天冤家路窄，曾老板和我在走廊碰了面，他盯着我不无得意地说："我现在就去会石小柔。有胆子再来捉吧。"

我气得咬破了嘴唇，忍气走开。小柔成了人家的未婚妻，已无须我保护了！

一个周末的晚上，曾老板满面春风地进了酒店大门，我继续在酒店广场执勤。我突然发现，在黑暗的停车角落，仨小偷正撬曾老板那奔驰车。这些小偷好猖狂，下手够早的！我心里愤愤地想:活该！抢我女友,懒得管你！泄愤归泄愤,可我还是有职业道德操守。我用对讲机通知同伴后冲了上去。那仨家伙似乎有准备,扭头围住我棍棒相加。我头破血流很快支持不住,仍奋力抓住一歹徒死不松手,被人从脑后一棒敲晕。

昏迷中,我仿佛仍在和歹徒搏斗:歹徒一会儿砸汽车,一会儿和曾老板拉扯石小柔。我急得大喊:"石小柔别怕,我来了！"

哪知石小柔已守了我两天两夜。蒙眬中,大滴的水珠砸在我脸上,滚烫的嘴唇深深地亲吻我说:"我会给你一个交代。"当时哪里知道,那天抓住的根本不是小偷！他交代,是受曾老板指使来"修理"我的。

石小柔结婚前一晚,把我叫到她的宿舍。在这最后的分手时刻,压抑已久的感情终于像火山一样爆发了。我俩紧紧搂住痛哭,石小柔突然冷静地直起身,飞快地解扣脱衣,裸露的半身像一座圣洁的女神塑像。我赶紧伸手阻拦她。

"我恨他！"石小柔可怜巴巴地搂住我说:"求你要了我吧,不然我一辈子不安心！我爱你！"……亲密接触骤然升级到了最高境界。

喘息未定,耳旁响起一阵剧烈的敲门声。

是曾老板来找！石小柔绯红的脸一下子变得惨白。我不想石小柔难堪,连累她的婚姻！事不宜迟！我迅速抓起石小柔的双手,用她的美甲在我脸上、胸口上使劲抓挠了几下。脸上火辣辣地疼。石小柔像驼鸟遇到危险一般,把头扎进我怀里,死死地抱住一动不动。

"快哭呀姑奶奶！"我咬牙低声吼她,狠狠朝她脸上抽了一巴掌,立时她脸颊肿起老高。在石小柔的哭声中,门被踹开了。见此情景,曾老板像头暴怒的狮子扑过来,像当初我狠揍他那样,拳

脚相加把我打昏过去。

我醒来时已在派出所。我对强奸石小柔的犯罪事实供认不讳。我现在只能为她做这些了。

几天后,民警打开拘留室的门对我说:"滚吧,小子。亏你是消防科长,做了丑事还敢耍我们,小心治你伪证罪!"我有点不相信自己的耳朵。

我一头雾水地走出看守所。石小柔等在大门口!她一下扑进我怀里。原来面对突如其来的变故,看到心爱的人为了自己宁肯坐牢,石小柔一下铁了心,她向民警说明我俩是恋人两相情愿,婚姻是家里包办的,她本人一直不承认,并揭穿了我制造的强奸假象。

桨　声

哗啦,哗啦,渡口每天都响起水娃摆渡的桨声。

水娃是个孤儿,是独居的柳大爷靠摆渡将他养大。水娃十六岁时,柳大爷终于油尽灯枯。哭干了眼泪的水娃接过沉重的双桨,桨已经被岁月打磨得光滑乌亮。这一刻,水娃明白:沉重的,不仅仅是双桨。

桨在水中一下下地翻飞,水娃的年龄也随着增长。山村里许多姑娘喜欢在坐船时偷偷瞄他强健的肌肉、略带忧郁的眼神以及刚毅的脸庞。曾有好心的大娘为水娃张罗对象,可姑娘们却又一个个摇头。水娃明白,那些姑娘喜欢自己,但不喜欢一辈子跟着自己受穷。在她们看来,摆渡,是一辈子也不会有出息的。可水娃不这样想,他牢牢地记住了柳大爷的话:都不来摆渡,那人们怎么过河?

闲暇时,水娃喜欢坐在船头痴痴地看着对岸,那里,住着山村里最美的姑娘秀子。秀子出嫁的时候,是水娃将她从山村载到对岸的。空着船返回时,水娃痛哭了一场。

这天,水娃将几个村民送到对岸后,忽然听到岸边的房子里传来一阵吵闹:"怎么说我也跟了你几年,你就这么狠心?"水娃听出来了,是秀子的声音。

"给你两万块算是不错的了!"一个男人大声吼道,"你这只不下蛋的母鸡,少跟我讲条件!"

水娃正惊疑间,却见秀子已经哭哭啼啼地跑了出来……

默默地将秀子送到岸边,水娃将她扶下了船:"秀子,凡事想开一点,世间没有过不去的河!"

秀子抬起泪眼,看了看水娃,满脸凄楚地点了点头,然后郁郁地向着娘家方向走去。

这晚,水娃没有唱歌。此刻,他的心就像打翻了的调味盒,什么滋味都混到一块儿了。

正当他浮想联翩之时,突然看见一个黑影在河边徘徊。水娃一惊,会是谁?该不会是想跳河吧?他一骨碌翻起身,向着黑影跑去。

待跑近时,黑影早已不见,水面上只飘着一条花围巾。

坏了,有人跳河了!他扑通一声钻进水里,四处摸找。

他摸到了两只手,那两只手忽然死死地抱住他,缠着他,两人一块儿往下沉。好不容易,他才把轻生者拖上岸。

水娃一看那人,大吃一惊:"秀子!?"

"我没活路了——丈夫不要我,回娘家又受嫂子的气!"说完,秀子掩面抽泣。

水娃犹豫着想为秀子擦去眼泪,但还是缩回了手:"要不,先到我屋里坐一下吧!有什么事明天再说。"

迟疑了一下,秀子还是点了点头。

"来,洗把温水脸,看你,眼睛都肿了!"水娃心疼地递给秀子一块热气腾腾的毛巾。

"水娃哥,"秀子忍不住又哭,"他,他们都不要我了,我活着还有什么意思?"

"他们不要你,我要你!"水娃脱口而出。

一时间,空气仿佛凝固了。水娃真想给自己一个耳光,他不敢看着秀子惊愕的神情,转身夺门而逃。

不知过了多久,身后忽地传来柔柔的呼唤:"水娃哥,外面风大,进屋坐吧!"

水娃脸红红地走进屋里,仍低着头不敢看秀子。

"水娃哥,你刚才说的可算数?"秀子幽幽地说。

水娃没有说话,一把将秀子揽入怀中,用行动来替代了千言万语和积压已久的相思之苦……

"水娃哥,跟你商量个事!"几天后的一个夜晚,秀子躺在水娃的怀里说。

"嗯,你说吧!"水娃爱恋地抚摸着秀子滑嫩的肌肤。

"我这里有一点钱,我们一起去外面做点买卖吧。"

水娃摇了摇头:"不,我不会离开这里!这里人需要我的渡船。"

秀子气得推开了他:"你真是头犟牛!就知道死守着那条破船。每天粗茶淡饭,你过得惯,我可过不惯!"

水娃叹了口气,用一种陌生的眼神看了看秀子,又背过身去。

第二天,秀子哭着走了。水娃将她载到对岸,抚摸着光滑乌

亮的双桨,看着两头尖尖的

水娃眼中忍不住掉泪:"秀子,你感到疲倦时,就回来,我会等你。船儿虽小,但永远都有你的位子。"

哗哗,水娃载渡客回程了。河里响起木浆的击水声。

攀　比

床头吵架床尾和。我和媳妇结婚才两年就开始了吵吵闹闹,磕磕绊绊。按说夫妻间拌嘴在所难免,不过令人难忍的是,只是争吵还罢了,媳妇总爱将我与她的初恋情人吴伟业比。我不服气:这小子真的就比我强?

这一天,我因办事赶着打车,钻进的士随口问司机姓什么,这司机回答:"姓吴,吴伟业。"我心中一惊,仔细看他,俊眉朗目,面皮白净,确实是个帅哥。我问他一个月挣多少,他说:"不多,就三四千吧。"我心里想,怪不得媳妇心理不平衡,我每个月挣四五百元,他是我的多少倍?更何况,媳妇为姑娘时,这小子追得紧,还是媳妇主动提出分手的。

随着时间的推移,我和媳妇吵架的内容"与时俱进"。一次情人节,我没有买花给媳妇,媳妇跟我生气:"跟了你这人,倒了八辈子霉,要钱没钱,要情调没情调。"接着,媳妇向我唠叨她初恋情人的最新动态。原来这个吴伟业任出租车公司总经理了,出租车公司搞改制,没人敢揽挑子,他霍地站了出来。

媳妇这么一说,我觉得更难堪了,媳妇提起前男友的得意劲

儿让我更生气。我气愤地说："那你当初为什么要和我结婚？"媳妇振振有词地噎我："被你骗的。你当时一副有远大抱负的样子，还说天生你材必有用呢。"

是呀，那时我虽然在一家机械厂当工人，但业余时间拼命读书写作，发表了不少文章，那时候不知天高地厚，以为自己会成就一番事业，但接下来的情况是，作家未当成，有几次市里要秘书和办公室人员，有人推荐我，但最后都失败了。不是人家相不中我，是我文凭太低，才高中毕业，有一位在机关工作的表兄指点："文凭低点不要紧，你要想个法子补救一下。"我知道他说的意思，但我要钱没钱，又不会造假，又不善于逢迎巴结，怎么补救？

这么说，真的有点愧对老婆了。后来媳妇跟我生气时，我一般立马缴械投降，保持沉默，要么做饭，要么择菜。但媳妇不满意啊，男人做事业赚钱才叫男人。这天，吃过晚饭，媳妇叹了一口气，说话了："人啦，真要认命。我只有这个'八字'，你知道吴伟业发达成什么样了吗？"我赶忙回答："吴伟业，明天实业有限公司董事长，明天公司拥有十五家分公司，经营横跨汽车、房地产、典当、物业管理、家政服务等领域，公司拥有员工一万人。"媳妇问："你是怎么知道的？"我说："见不到人，还见不到报纸呀？报上看来的。"没办法，比不过人家，只得游戏人生了。

没想到这一招"甘拜下风""自暴自弃"蛮见效，媳妇不作声了。于是，我就有意搜集起吴伟业的信息来，每次吵架时，我就搬来有关他的最新消息，几乎每次都要纠正媳妇的错误说法。我在心里苦笑：妇道人家，从来不知从正宗渠道探到消息，尽是些道听途说、陈芝麻烂谷子的事儿。愿意吃后悔药，你尽情吃。

这天中午，媳妇要我买点菜回家。我经过报摊时，看到了一则有关吴伟业的重大新闻，我心里莫大震动，无限感慨人生无常。

我就这样一直想着往家走,把买菜的事忘了。

到家时媳妇在做饭,见我两手空空回家,她生气地解了围裙,拉着我说:"走走,我与你喝西北风去。"我静静地望着她,半晌才对她说:"我有件事要告诉你,你莫要生气。"

"有话就说,有屁就放。"

我从口袋里掏出晚报递给了她。

报纸上刊登了一则消息:年轻亿万富翁死于艾滋病。文中写道:今日凌晨一点半钟,35岁的亿万富翁吴伟业在市中心医院病逝。临终前他悔恨地说:我是被自己的放荡给害了……

媳妇看完报道,眼泪无声地流了下来。她走过来倚上我的胸口,轻轻地说:"吴伟业跟我谈时,我就看出他不老实,眼珠乱转,手脚不安分。你知道吗?我是因为这个提出分手的。"

我轻轻地拥住了媳妇。我知道,我们再也不会为此互相伤害了。

约　会

车间管理员大石本来有个约会——去介绍人家里,与位不相识的姑娘进行历史性的会面。谁料想,正赶上青年志愿者服务队要活动。队长小鲍说:"咱们修车组,就你和张子唱主角,他母亲住院要陪护,你再撤,谁支撑!"大石为难地抓了抓头皮。不去会面吧,人家姑娘伸着脖子等着,介绍人的脸往哪搁?去会面吧,眼下队里主项就泡了汤……

看着小鲍焦急祈求的目光，大石终于心一横："走！上车！"……

车上，大石忐忑不安地给介绍人王师傅打了几次手机，谁知对方一直关机。他心里像被根线抻起来，摊上这，许是没缘分。王师傅可怎么跟人家姑娘解释？唉，改日再登门谢罪吧……

本来大石生得玉树临风，深得厂里几位漂亮姑娘的青睐，可他脾气耿、说话直，弄得女孩送了他个"大石头"的美称。其实，"大石头"并非草木无情，脑子里也常描绘、勾画理想的女友形象。这不，他看看窗外的人流，脑海里蹦进来一个细高个子的姑娘，长长的黑发自然俏皮地盘在头顶，黑亮的大眼睛盯着他，像一湾清亮的潭水……金娟？大石自己也感到不好意思：这位同乡聚会时见过的姑娘竟让他如此思念。

那时，他和她一见面就认出了对方："你是那跳高的！""你是那跨栏的！"……八年前的县中学运动会上，男子跳高决赛场地紧挨着女子跨栏的起跑线。决赛前，金娟做跨栏练习时不留神被栏角划破了小腿肚，鲜血直流。正要起跳的大石突然以百米速度冲向场外的急救室，拿来药棉和创可贴为金娟敷上。金娟带伤跑了第二名。大石大概得益于那两个"百米跑"，活动开了腿脚，精神莫名地振奋，夺得冠军。此后，两人聊得投机。金娟大专毕业后留在了省城。大石则因父亲病逝，辍学来省城打工。巧的是，两人之后都继续攻读管理专业本科自学考试。金娟过了两门，大石则门门全过，等着拿文凭了。哎呀，你怎么什么都行！金娟钦佩地看看大石，向他借专业课程笔记。姑娘的大眼睛温柔地看着别处，浅笑着轻轻问："那我什么时候去找你拿笔记呀？"大石却来得爽快："不用，回头我找人给你捎去！"

大石明明出于好心，省得她来回跑，省事。没想到姑娘的笑脸却一下子僵住了……

大石果不食言,第二天就托拉货的王师傅带去了厚厚的几个笔记本。一个月来,他虽未见过金娟,脑海里竟几次闪出姑娘那变幻的神情,一次比一次清晰。啊,莫非她……大石苦笑着摇摇头:今儿是怎么了,人家是市场经理,你是啥,民营厂一打工仔!癞蛤蟆想吃天鹅肉,何苦呢。要不,当王师傅给他"说个人儿"时,他啥也没问,就答应了见面……这时,大轿车猛地停了下来,晃断了大石的思绪。

药厂的志愿服务队在闹市摆开了摊子。大石埋头一口气修好了两辆自行车。他刚想喘口气,耳旁"丁零"一声车铃响,一个女孩急切地呼唤着:"师傅,我这车胎瘪了,帮忙修修好吗?"

这乡音好熟!大石抬头,一个细高个子的姑娘站在身后,不由惊奇得站起身:"金娟?车坏了?"

"呦,大石,你怎么在这儿?"姑娘眼里闪出惊奇的光亮。

此话问得大石一愣:"在这儿"有什么稀罕? 随即开玩笑地说:"我不在这儿,谁给你修车呀。"

"那你——"姑娘好像还要问什么,话又拐了弯,"你的笔记我抄完了。想给你送去,又怕你不在。要知道你手机号就好了。"显然,姑娘投出了试探的话头。

干吗让人家跑腿!大石赶紧表示:"不急不急,让别人捎过来就得了。"这话像扔出的石头块子,砸断了热情的话头。大石接过车,检查气门芯,气门芯完好,无疑是内胎扎了。他一边匆匆扒起车胎,一边搭讪:"金娟,看样子你有急事?"金娟脸腾地红了:"呵,呵,现在,不急了。"

"大石,你那笔记记得真全真细,我可受益匪浅。"

"得,记流水账的笨法子,让你这正规大学生见笑了。"

本来大石见到金娟，有一肚子话要说，但一下子全卡壳了。他心里怦怦跳，忍不住偷瞧金娟几眼。米色高跟鞋铿亮，淡绿色连衣裙没下过水，长发乌黑飘逸，飘来诱人的清香，略施淡妆的瓜子脸更显得清秀可爱。她该不是去赴约会？大石心里咯噔了一下。怎么，人家就不兴有男朋友么？唉，我怎么早没想到这一点，刚才还胡思乱想呢。他心里一阵懊丧和自责，默默地锉起车胎。修好车，打足气，大石波动的情绪也平静下来。他笑着把车推给金娟。金娟没接，她掏出纸巾，替他轻轻擦拭肩上的一块油泥。

"回见！"大石说着，转身又去推别的车。她向前走了一步，低下头问，"你们要在这儿摆多久？"

大石茫然地摇摇头。姑娘尴尬地呆看着大石，像积蓄着勇气，终于像蚊子哼哼一般，对正在修车的大石说："人家给我说对象，今天见面。"大石手一抖，钳子夹破了手指："是吗？那，那，就别耽误了。"

"那你，……"金娟半句话还没吐出口，一辆汽车停在了路边。一位中年司机跳下车，冲着金娟喊："好哇，在这儿约会了！你又何必托我介绍，害得我这介绍人找得好苦！"

姑娘红着脸扫了大石一眼，冲着司机王师傅小声说："表哥，你瞧他今天离不开，要不改日？"

王师傅爽朗地笑笑："随你，谁让我是傀儡！"这话说得姑娘直跺脚："表哥！讨厌！"金娟害羞地骑上车走了。

大石恍然大悟。在队友的哄笑声中，他深情地望着金娟远去的背影，从容地摆弄起飞旋的车轮……